龍與地下鐵

THE DRAGON AND THE UNDERGROUND

馬伯庸 著

目錄

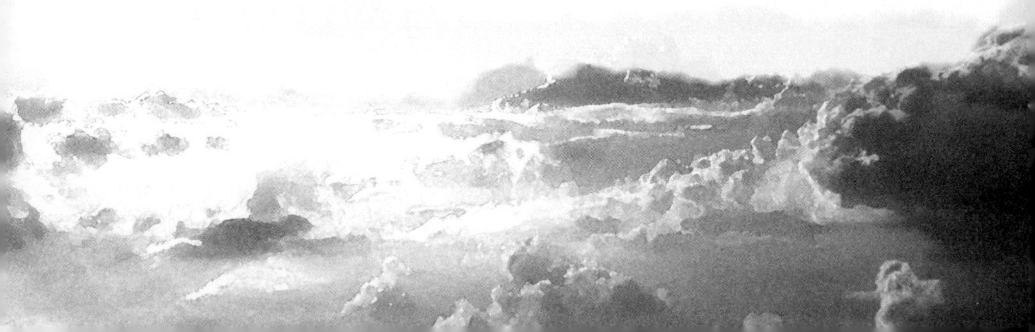

第一章

你的幸運日是今天

哪吒感覺自己快死了。

他現在感覺彷彿有人敲開自己的腦殼，往裡扔了十幾隻蜜蜂，這些蜜蜂隨著馬車的顛簸在顱骨內來回撞擊，發出「嗡嗡」的聲音。即使是喝最難喝的蓖麻藥湯，也無法和這種感覺相比。

這是他第一次乘這麼長時間的馬車。這輛四輪馬車相當高級，有兩排寬敞的棗木軟座，車窗邊緣雕刻著精美的牡丹花紋，厚厚的吐蕃絨毯鋪在楠木地板上，下面還襯著一層彈簧。而馬車奔馳的大路是大唐境內最好的瀝青官道，據說這個黑皮膚的崑崙奴馬車伕曾經為皇帝駕過禦車——但對一個十歲的少年來說，這趟旅途仍舊太長了。

「媽媽，我們什麼時候能到長安？」哪吒有氣無力地第十九次問出這個問題。

母親正在專心地看一本書。她聽到兒子這個問題，把書闔上放回桌上，轉過身來，溫柔地用兩根食指揉了揉他的太陽穴：「還有一個時辰，我們就能看到長安的城門了，再堅持一下，好嗎？」

「可是我快要吐了。」哪吒悶悶不樂，他的胃已經開始翻騰。遠處的山脈連綿不絕，翠綠色的平原和星星點點的野花絲毫不能讓他感到舒服。

「如果實在難受的話，那就趴在車窗上看看天空吧。」母親建議道。哪吒抿住嘴唇，盡量不讓自己嘔出來弄髒絲綢桌布。天空他已經看過許多次了，可都沒什麼用。那是多麼枯燥的景色，大部分時間是一成不變的藍色天空，偶爾有幾朵白雲飄過，還不如自己的畫板色彩豐富。

可哪吒是個聽話的孩子，既然母親這麼說了，他就再次把頭轉到車窗，朝外仰脖望去。從車窗望出去，天空和前幾次看時並沒有什麼不同，近處是藍色，遠處還是藍色，天幕一直延伸到與地平線重合的地方，顏色始終沒有什麼大的改變，就像是老天爺弄丟了除藍色以外的所有顏料。

「如果一直待在那樣的地方，該是件多麼無聊的事情啊。」哪吒一邊這麼想著，一邊漫不經心地掃視著天空。他忽然看到，遠處的天空出現了幾個小黑點，居然還會動。那應該是大雁吧，哪吒猜測，但大雁不會像它們移動得那麼快。

好奇心略微沖淡了一點哪吒的眩暈，他扯住母親的袖子，想讓她一起去看。可這時候，轅馬突然發出一陣嘶鳴，兩側車輪旁的閘瓦發出刺耳的摩擦聲，整輛馬車陡然停住，車廂裡的人都隨著慣性朝前倒去。哪吒一頭滾到媽媽的懷裡，媽媽伸出手臂撐在隔板上，只見桌面上的書「啪」地掉落在地。

「嘎吱」一聲，崑崙奴車伕從車頂掀開了氣窗，語氣有些驚慌：「夫人，請抱緊少爺，我們遭到襲擊了。」「是什麼人？山賊嗎？」母親鎮定地問道，表情卻顯得不可思議，這可是長安城的近畿啊，怎麼可能有山賊？「不，比那還可怕。」車伕迅速抄起一張烏黑的勁弩，把弩箭上弦，「是孽龍！」

哪吒在母親懷裡抬起頭：「什麼是孽龍？」母親摸摸他的頭，把他抱得更緊一些：「孽龍不是生物，也不是死靈，而是天地之間的戾氣聚合而成的邪魔。它們的身體是一團漆黑的煙霧，總是化成龍的樣子，喜歡在野外襲擊人類。」「可我們沒有惹它生氣呀，它為什麼會來找我們呢？」

哪吒好奇地問，眼睛裡閃著光芒。他最喜歡的，就是聽這些怪物的故事。母親正要回答，車伕的聲音再度響起：「請您坐穩，我試著甩掉它。」車伕說完後，把氣窗關起來，再度讓馬車跑起來。這次的速度比剛才要快許多。

母親顧不上回答哪吒的話，她迅速從車廂壁上拽下一條棕色的牛皮帶，把哪吒勒在座位上，然後用另外一根牛皮帶把自己也勒在座位上，右手緊緊地攥住一把小巧的扳手。馬車開始沿著「之」字形路線快速移動，四個厚木輪碾過瀝青路面，發出尖銳的摩擦聲。車廂劇烈晃動起來，車裡的人左右搖擺。車廂外除了密如鼓點的馬蹄聲和車伕的甩鞭聲以外，還多了一種如巨蛇吐芯般的嘶嘶聲，陰沉而清晰，讓人的皮膚浮起一層雞皮疙瘩。

說來奇怪，哪吒這時候反而不覺得暈了，倒有一絲興奮。他瞪大眼睛，朝著窗外望去，看到在馬車的側面半空中飄浮著一縷長長的黑煙。這煙霧凝聚成一條龍的形狀，身子有三四輛馬車那麼長，像是哪吒第一次寫毛筆字時歪歪扭扭的「一」字。這條孽龍似乎發現哪吒在望著它，發出淒厲的叫喊，龍頭突然朝車窗撞過來。千鈞一髮之際，馬車陡然加速，堪堪避開撞擊。「鏗」的一聲，車伕手裡的弩機響起，一支精鋼弩箭正好射入孽龍的身軀。

黑霧散了散，隨即又凝結成龍形。孽龍看起來比剛才還要憤怒，身體上豎起一根根霧氣滾滾的尖刺。它擺動身體，再次撞來。馬車還沒調整好姿態，這一次撞擊看起來避無可避。就在龍頭的長吻碰觸到車壁的一瞬間，整個車廂嘩啦一聲突然解體，三面廂壁像被一隻看不見的手驟然拔起，一下子從馬車底盤上崩開，在半空翻滾了小半圈，重重地砸在了孽龍的腦袋上。哪吒只覺得眼前一亮，周圍的封閉車廂突然變成了露天的，只有腳下的地板還在。幸虧母親和他被牛皮帶緊緊束縛在座位上，不然在剛才的撞擊中說不定會被甩出去。減輕重量的馬車又提升了速度，甩開孽龍一段距離。母親面色蒼白地鬆開扳手，依舊十分憂慮。這是馬車最後的防禦，如果孽龍再次追上來，他們就要束手無策了。

這時候，哪吒忽然聽到一陣嗡嗡聲，他急忙抬起頭，看到剛才天空中的那幾個小黑點正在迅速接近。他的視力很好，很快就發現那果然不是大雁，而是三架造型威武的飛機。這三架塗成金黃色的飛機都是祥雲造型、雙層機翼，機頭和機翼上分別有三個碩大的螺旋槳高速轉動著，發出低沉的嗡嗡聲。哪吒注意到，每一架飛機的機身上都畫著一隻棕羽白翎的雄鷹，雄鷹的嘴裡銜著一朵鮮豔的粉牡丹。

「是天策府的空軍！」車伕欣喜地叫喊，拼命揮舞手臂。三架飛機注意到了車伕發出的信號，立刻分散開來，降低高度，從不同方向朝馬車逼近。三個黑乎乎的牛筋動力副轉子從機身上被拋下，這說明他們進入了戰鬥狀態。

這時候孽龍也已經擺脫了那三塊廂壁，氣勢洶洶地朝馬車追過來。它已經憤怒到發狂，如霧的身軀在高速運動下變得細長，幾乎在一瞬間就接近了馬車。

三架飛機已經降到和孽龍同一水平面，機翼下的連珠弩砲也已繃緊了弦。但孽龍距離馬車太近了，天策府的戰機生怕誤傷到那對沒有任何遮蔽的母子，不敢射擊。在遲疑了一下之後，其中兩架繼續低空跟近，第三架飛機忽然拔高，飛到馬車與孽龍上空大約二十丈的高度。

這架飛機的底腹突然開了一個口，從裡面撒下大量杏黃色的符紙。這些用硃砂描出古怪篆形的符紙被拋成一條長線，嘩啦啦如同雨點一般落在馬車和孽龍之間。每一張符紙接觸到黑色煙霧都發出嘶嘶的腐蝕聲，讓霧氣的顏色變淡幾分——這是白雲觀的辟邪道符，對於魑魅魍魎有奇效。

在道符的侵蝕之下，孽龍痛苦地翻滾著身軀，速度卻絲毫不減。這時，它身後的兩架飛機已經接近，它們冒著相撞的危險，一頭扎進孽龍的尾巴與小腹。機頭螺旋槳的高速轉動撕裂了孽龍的霧身，將其劇烈地吹散，孽龍的後半截霎時就殘缺不全。可同一時間，孽龍的大嘴已經一口咬住了馬車的尾部。螺旋槳對它造成的傷害反而讓它狂性大發，猛地擺動脖子。馬車被這一股力量牽扯著，一邊的車輪被懸空拽起。車裡的母子除了緊緊抓住座椅兩側的把手，毫無辦法。

混亂中，孽龍頭部豎起的一根霧刺突然伸長，在哪吒身前飛快地劃過。牛皮帶啪地斷裂開來。孽龍猛然一仰脖子，馬車被高高拋起，失去束縛的哪吒一下子被甩向天空，不由得發出驚恐的叫聲。他的身子經歷了短暫的上升，然後開始跌落。哪吒閉上眼睛，耳邊傳來呼呼的風聲，他知道自己快要死了，心想如果當初多吃一塊西域的水果糖就好了。在恐懼和慌亂的縫隙裡，哪吒卻有一點莫名的快感。這種在半空的失重感，似乎也是一件有趣的事情，感覺有點像是……飛翔？一個才學會不久的新詞莫名其妙地躍入他的腦海。

這時，一陣轟鳴聲飛過耳畔，「咚」的一聲，哪吒感覺自己落在了什麼上面，身子摔得一陣劇痛。他勉強睜開眼睛，首先映入眼簾的是那隻銜著牡丹的雄鷹，然後發現自己正躺在一架飛機右側的機翼上。飛機正極力保持著水平姿態，使他不至於從牛皮機翼上滑落。他認出來這是那架拋撒符紙的飛機，是它在千鈞一髮之際接住了自己。這個飛行員居然駕駛飛機在一瞬間插到孽龍和馬車之間，準確地用機翼接住了他，膽量和技術都相當驚人。

哪吒顧不上疼痛，俯下身子，用兩手抓住機翼上的凸起，強烈的氣流吹得他幾乎睜不開眼睛。這時駕駛艙的艙門被推開，一個戴著飛行頭盔的男子探出頭來，他的大半張臉都被兩片圓圓的護目鏡擋住，領口的白圍巾飄得很高。

「喂，接住這個。」飛行員拋出一根繩子。哪吒不知道哪裡來的勇氣，咬著牙拽住繩子，迎著猛烈的風慢慢從機翼挪向艙門，然後一縮脖子滾進了駕駛艙。「以後如果有女孩子問起，記得告訴她，你的幸運日是今天。」飛行員爽朗地笑著，拍拍他的頭，重新關上艙門。駕駛艙很狹窄，所以哪吒只能像隻貓一樣蜷縮在飛行員的懷裡。他好奇地打量了一下儀錶盤，上面的指標與數字讓他眼花撩亂，機艙裡還瀰漫著一股刺鼻的蓖麻油味。

「想哭的話記得提前說一聲。」飛行員把身體往後挪了挪，盡量騰出點空間。「爸爸說不能哭。」哪吒倔強地仰起頭，盡量讓淚水蓄積在眼眶裡不流出來。剛才的一切發生得太突然了，他沒顧上害怕。現在脫險了，一陣一陣的恐懼才襲上心來。

「很好，男人就該如此！」飛行員一邊說著，一邊讓機身偏了偏，從側舷朝地面望去。地面上，馬車已經跑開很遠，車伕和哪吒的母親全都安然無恙。沒了顧慮的兩架飛機開始猛烈地用螺旋槳和弩砲攻擊，那條孽龍的身軀被打得殘缺不全，眼看就要徹底消散了。確認不會有什麼危險後，飛行員一拉操縱桿，機頭一下子俯衝下去。哪吒毫無心理準備，身體一下子前傾，眼眶就像一口突然被翻轉的井，把好不容易含住的淚水一下子全都傾倒出來，頓時哭了個唏哩嘩啦。

「喂！不是說好不哭的嗎？」飛行員有些手忙腳亂，他騰出一隻手掏出一個酒葫蘆，在哪吒面前笨拙地晃動，試圖吸引他的注意力。但哪吒視而不見，繼續哭著。「怎麼辦，小孩子真令人頭疼啊……」無計可施的飛行員自言自語，隔著頭盔抓了抓頭，然後忽然想到了什麼，貼在哪吒耳邊，神秘兮兮地壓低聲音說：「對了，想去天上看看嗎？這可是難得的機會，天策府的飛機，可不是隨便什麼人都能坐的喲。」

「天上？」哪吒止住了哭泣，「我們不是已經在天上了嗎？」飛行員發出一聲不屑的哼聲：「差遠了！才一百多丈的高度，算什麼天空！真正的天空，還要再往上飛很高呢！」

「會和現在不一樣嗎？」哪吒抬起頭好奇地望去，可沒看出高處和周圍有什麼不同，只是一成不變的湛藍而已。他的狐疑大概讓飛行員很是不滿，飛行員一踩踏板，讓機頭翹起，翅膀下的動力機發出巨大的轟鳴聲，驅動著飛機朝著更高的地方飛去。

哪吒感覺到一股強大的壓力攫住自己，把自己按在機艙裡動彈不得，連哭都沒法哭。他只得屏住呼吸，咬緊牙關，期待這一切快快結束。可度過最初的不適應以後，一絲難以言喻的興奮沁入他的心中。艙外的藍天似乎顏色變得更深了些，像是飛機墜入深邃的大海，這景象似曾相識，他似乎在夢裡已經期待了很久。

戰機一直爬升到很高的高度，金黃色的蒙皮在太陽的照射下熠熠生輝。在高明的飛行員的操控下，飛機穿破雲層，時而翻滾，時而俯衝。周圍的景色疾速變化，陽光從不同角度折射出各種色彩，與形狀各異的雲彩構成一個碩大而開闊的萬花筒，變幻莫測。

哪吒瞪大了眼睛，興奮地發出呼喊聲。在地面上看起來明明很乏味的天空，當自己置身其間時卻充滿了驚喜，他沒想到，天空居然是這麼有趣的地方。整個身體感覺要融化在天藍色的背景裡，和風一起吹得到處都是。

「嘿嘿，怎麼樣?沒騙你吧?」飛行員得意地扭開酒葫蘆的蓋子，自己喝了一口。

「好棒啊!」哪吒由衷地發出讚嘆，飛機每一次疾速上升或下降，他的心都會猛烈顫抖，全身都酥酥麻麻的，好不愜意。他恨不得長出一對翅膀，跳出機艙自由自在地翱翔。「飛行和酒、女人一樣，只要碰過一次就忘不了啦。」飛行員拍了拍儀錶盤，又感嘆道，「可惜這架武德型的老傢伙太笨重了，目前的牛筋發動機只能纏上五萬六千多轉。據說龍才是飛得最高、最快，而且飛得最漂亮的生物。」

「龍？是剛才襲擊我們馬車的孽龍嗎？」哪吒好奇地問。

「不是，那個只是最低等的怨靈罷了，我是說真正的龍。」

「在哪裡能看到真正的龍啊？」

「你的問題可真多……你是要去長安吧？很快就會知道了。」飛行員正說著，機艙儀錶盤前的一個精緻的小銅鈴響了起來，節奏十分急促。飛行員聽完鈴聲以後，無奈道：「那些傢伙開始催了，我們回去吧。」他正了正護目鏡，開始控制飛機重新降下去，這讓哪吒同時產生了生理和心理上的低落。飛行員看出了他的情緒，隨口問道：「喂，小傢伙，你叫什麼名字？」

「我叫哪吒。叔叔你呢？」

「叫我哥哥！」飛行員不滿地糾正，「我姓沈，叫沈文約，長安天策府第二優秀的飛行校尉。」

「那第一優秀的呢？」

「應該快出生了吧。」飛行員摸了摸下巴，似乎對自己的這個笑話很滿意。他歪了歪頭，似乎想到什麼，語氣一下子變得古怪：「等一下，你說你叫哪吒？姓什麼？」

「我姓李。」

飛機的機翼顫動了一下，差點一頭栽到地面上去。沈文約發出一聲近乎呻吟的感嘆：「你是李靖大將軍的兒子啊？」

「是的。」

「就是說，我沒有接到任何命令，就私自把李大將軍的兒子帶上天去了？難怪他們催得那麼急……」沈文約的聲音聽起來既自豪又惶恐。

哪吒沒理會他的喃喃自語，他正戀戀不捨地望著逐漸遠去的天空，心裡琢磨著什麼時候懇求父親讓他再飛一次。這種滋味實在是太美妙了，比盪鞦韆和騎馬好玩一百倍。不一會兒，這架武德型戰機重新飛回地面。沈文約熟練地控制著飛機在一段筆直的官道上降落，三組起落輪穩穩地軋在地面上，直至整個機身停穩。

此時從長安出發的援軍已經趕到現場，幾十名威風凜凜的騎兵把那輛殘破的馬車團團圍住，天空中有十幾架飛機在巡邏。哪吒從飛機上下來，被媽媽撲過來一把緊緊摟在懷裡，然後被強行按在一張竹榻上，兩名身穿青袍的郎中開始給他檢查身體。

沈文約坐在機艙裡，兩隻腳翹在儀錶盤上。即使注意到自己的長官——天策府總管尉遲敬德——走過來，他也只是欠起身子，懶洋洋地拱手敬禮。

「沈文約，你好大的膽子。」尉遲敬德的臉色陰沉得如同風暴來臨。

「若沒有那麼大的膽子，那個小傢伙就要摔死了。」沈文約回答。

尉遲敬德瞥了機艙一眼，冷哼一聲：「具體情況我已經得到了匯報。但你未經許可，擅自帶著大將軍的親眷進行高風險的高空飛行，執勤期間還飲酒，這些帳我會慢慢跟你算的。」

「慢慢算？」沈文約注意到了這個措辭，眼睛一亮。

尉遲敬德對這個憊懶的傢伙實在沒辦法，無奈說道：「現在，李夫人要當面向救她兒子性命的英雄致謝。」

沈文約一下子縮了回去：「這種親情場合不適合我，您替我去得了。」

「玉環公主也來了。」尉遲敬德淡淡地道。

沈文約一聽這名字，立刻跳下飛機：「我去，我去，不然太不給大將軍面子了。」他把護目鏡和頭盔都摘下來，還不忘整了整自己的髮髻。尉遲敬德微微嘆了口氣，他實在是拿這個既頑劣又出色的下屬沒辦法。

原野上的隊伍忽然起了一陣小小的騷動，從長安方向又有一支騎兵小隊飛快地接近這裡。這些騎兵個個都是精銳，全身披掛著精金的甲冑，腰間的長劍隱隱泛起銳光。但跟他們所簇擁的那位將軍相比，這些騎兵就像雄獅旁邊的獅子狗一樣微不足道。這是一位身材極其魁梧的中年男子，臉膛發黑，寬肩方臉，整個人如同一座莊嚴肅穆的寶塔，讓人油然生出「即使面對泰山崩塌，這個人也一定會巋然不動吧」的感嘆。整個長安城，只有大將軍李靖才有這等氣勢。

隊伍在他面前分開一條路，李靖一直到李夫人和哪吒身前才翻身下馬。他沒有伸手抱住哪吒，而是低頭問道：「有沒有哭？」

「沒有。」哪吒回答。他心想：這不算撒謊，面對孽龍確實沒哭，我是被沈文約哥哥弄哭的。

李靖對這個答覆很滿意，然後他伸出大手，輕輕地摸了摸兒子的頭。哪吒隱隱有些失望，但也沒特別失落。在他的記憶裡，父親很少對他做出親熱的舉動，大部分時間都是在講道理，教導他身為男子漢應該做些什麼。李靖離開哪吒，走到李夫人面前，把手搭在她的肩上，那一雙鋒利的丹鳳眼似乎變得溫柔了些。哪吒看著媽媽和爸爸擁抱在一起，有些開心，這時他耳邊響起一個溫柔的聲音。

「你就是哪吒吧？」

哪吒抬起頭，看到一位大姐姐正笑眯眯地看著他。這位姐姐很漂亮，穿著一身淡黃色的繡裙，烏黑的長髮用銀絲束成髻，額頭上的花鈿亮晶晶的，卻不及她的大眼睛閃亮。

「我是玉環公主，你可以叫我玉環姐姐。」

「玉環姐姐好。」哪吒沒有忘記家教。

玉環蹲下身子，把他摟在懷裡，一股馨香衝入哪吒的鼻孔：「年紀這麼小就被孽龍襲擊，真是太可憐了，沒有受傷吧？」

「沒有。」哪吒有些不好意思，挪動身體想掙脫。

玉環把他放開，笑了起來，她的雙眸好像彎月。「那就好，這種危險的事不會再發生了。大將軍很忙，所以特意拜託我來照顧你。等回到長安城，我帶你到處轉轉，好玩的地方可多啦。」

哪吒向她道謝，心裡卻在想，還有什麼地方比天上更好玩呢？

「玉環……呃……公主。」

一個有些緊張的聲音從旁邊傳來，哪吒和玉環公主同時轉頭，看到沈文約把頭盔夾在腋下，一臉刻意調整過的微笑。玉環公主站起身來，溫煦的笑容一下子消失了，取而代之的是憤怒。

「沈校尉，你覺得自己是天才嗎？」

「玉環，你聽我說……」

「把這麼小的孩子弄上天空，這是多危險的事情，你知道嗎？萬一飛機的動力失靈，或者飛機解體，你怎麼向大將軍交代？」

「機艙裡有降落傘，我會讓給他的……」

「讓小孩子用降落傘？虧你想得出！你的腦子裡能不能裝點常識？」

「這不是安全回來了嘛。」

「如果沒安全回來呢?!武德型飛機的故障率是零嗎？李大將軍的家人與他分別了這麼多年，好不容易要團聚了，沒毀在孽龍嘴下，卻差點毀在你的手裡！尉遲將軍總是說安全第一、萬全為上，你都當耳邊風了嗎？」

面對玉環公主的咄咄逼人，沈文約沒了面對尉遲敬德的憊懶，只是縮起脖子，一臉苦笑地承受著對方的怒火。

「你原來拿自己的性命胡鬧也就算了，這次居然還拽上大將軍的兒子，讓我說你什麼才好啊！沈校尉！」玉環公主瞪大了眼睛，看來是真的生氣了。哪吒看到沈文約連連賠不是的窘迫模樣，跟在天空中時的意氣風發相比真是判若兩人，不禁有些好笑。遠處的尉遲敬德一臉痛快，能制住這位天才飛行校尉的，恐怕只有玉環公主了。

這時李靖離開李夫人，走過來對玉環公主道：「玉環，你們的事先等等，我有話要問他。」玉環公主狠狠瞪了沈文約一眼，走到哪吒旁邊拽起他的手：「我們走吧，下次要離那種人遠一些！」

面對長安城的守護者，沈文約恢復了標準的站姿，左臂夾頭盔，右手朝李靖行了個軍禮：「大將軍，屬下知錯，甘願受罰！」李靖似乎無意追究這件事情，他打量了沈文約的飛機一眼，開口道：「這是本月第幾次在長安附近出現孽龍了？」沈文約保持著筆直的站姿，聲音鏗鏘有力：「在我執勤的空域，是第三次。」

「這麼多？」李靖的眼睛稍微眯了幾分，但眼神更加銳利，「強度如何？」

「今天那條已經有三十丈長了。」沈文約回答，猶豫了一下，又說道，「三架飛機足足消耗了三百張道符，還採用了危險的逼近螺旋戰法才把它消滅。」這時尉遲敬德也走了過來：「最近一個月以來，長安附近已經發生了十餘起孽龍襲擊過往客商事件。天策府已經增加了巡邏架次和密度，在附近十六個空域全十二個時辰執勤，暫時可以確保安全。」

「你是說，你覺得孽龍出現的頻率和強度，以後還會進一步增強？」李靖問。

「這個不是屬下的專業領域，不好置喙。只是這一個多月以來，孽龍出現的頻率確實呈上升趨勢。」

「白雲觀的道長怎麼說？」

「白雲觀已經派人去長安城外調查了，暫時還沒結論。不過他們緊急調撥了一批道符給天策府，以備不時之需。」

「我知道了，你們做得不錯，保持下去。龍門節快要到了，在這之前不能出任何差錯。」

聽到大將軍做出了指示，尉遲敬德和沈文約同時立正。李靖的目光從他們的臉上掃過，這個猶如鎮天寶塔的將軍露出一絲難以捉摸的擔憂。

第二章

「長安地下龍——利人市驛」

長安城真是太大了。

哪吒從來沒見過這麼寬闊的街道、這麼巍峨的城牆、這麼密密麻麻的房屋，站在長安城的任何一個位置朝任何方向看去，都一眼望不到邊。如果說碧藍的天空是一片素淨的原野的話，那長安城就是一座令人眼花撩亂的超大型迷宮，嚴整規矩的幾何線條交錯在一起，其中填充著黑、褐、紅、青四種顏色的建築色塊，看上去如同一盤正在激烈搏殺的複雜棋局。

「怎麼樣？這裡要比陳塘關大吧？」玉環公主略帶自豪地對哪吒說。哪吒趴在欄杆上俯瞰著下面熙熙攘攘的人群，覺得眼睛都快不夠用了。

「父親一直保護的，就是這座城市啊。」哪吒暗想。

這裡似乎有無窮無盡的神奇事物，無論是路上疾馳而過的加長羊車、十字路口的紅綠燈籠、天空中一閃而過的紙鳶，還是街邊只消投進一枚銅板就可以得到一盞熱茶的人偶機關，都讓他感到無比新鮮。讓哪吒感覺很奇怪的是，長安城的人似乎對這些事情熟視無睹，大概是因為習慣了吧。他們夾著油傘和包裹，行色匆匆，匯聚成一條似乎永遠不會停止的人流，不斷在長安城內流動著。

「餓了吧？下去給你買點好吃的！小心腳下台階，不要摔倒。」玉環公主拽著哪吒走下觀景台，朝著一條用青磚和石板鋪就的大街走去。

自從哪吒到了長安以後，父親一直非常忙碌，幾乎沒時間跟他說話，母親時常要參加達官貴人的宴會交際，於是只有玉環公主帶著哪吒出來玩。玉環公主是個很溫柔的人，只是特別謹慎，跟哪吒寸步不離，這讓他有些小小的無奈。她在外面一直緊緊攥住哪吒的手，告誡他一定要注意安全，不要被馬車撞到，不要隨便進入哪條小巷子，以免迷路，如果碰到奇怪的人要立刻告訴最近的穿皂色服裝的巡捕，諸如此類，哇啦哇啦說個不停。

他們走出觀景台，玉環公主在街邊一個胡人的小攤上買了個甜筒遞給哪吒。這是一種用江南的蔗糖、突厥的牛奶以及藏在長安城地窖裡的冰製成的甜品，上面還綴著星星點點的碎漿果，口感黏稠甘甜，非常好吃。一如既往地，玉環提醒他不要把甜漿沾到衣服上，不然很難洗掉。

哪吒左手攥著甜筒，右手抓著玉環的手，邊舔邊問：「這麼大的城市，如果去朋友家玩，一定很麻煩吧？」

「對呀。有人計算過，如果徒步把長安城轉一圈的話，得兩三天時間。」玉環公主得意揚揚地說。

哪吒差點把甜筒掉在地上，他在陳塘關的時候，只要半個下午就能到城裡所有朋友的家裡玩一遍。「那可怎麼辦才好？」

「你馬上就知道了，那可是長安城最值得看的景色呢。」玉環眨了眨眼睛。

玉環公主帶著哪吒走過兩條熱鬧的街道，在一處棗紅色的檀木牌樓前停下腳步。牌樓不算高大，上面畫著兩條金龍托起一顆寶珠的圖畫，還寫著幾個字——「長安地下龍—利人市驛」。哪吒注意到，牌樓的正下方居然是一條向地底伸展的寬闊通道，像是平坦的地面突然裂開一張大嘴。通道入口黑漆漆的，像是總出現在小孩子惡夢裡的狼的山洞。哪吒有些畏縮，不過玉環公主寬慰他說不要怕，然後挽起他的手，踏入通道朝下走去。這時候哪吒才發現，在通道裡有長長的石質台階，每走十步牆上就有一盞耀眼的油燈，兩側還貼著許多花花綠綠的告示。一起朝地下走的還有很多長安市民，大家都面色如常，這讓哪吒的心情輕鬆了一點，但他仍舊覺得有些胸悶。這種封閉逼仄的地下世界，哪吒不是很喜歡。

當哪吒和玉環公主走完最後一級台階時，他們被一排拒馬攔住去路。拒馬之間只留一個小口，一個身穿綠色長袍、頭戴方帽的人站在旁邊。人們很自覺地排成一隊從這個小口魚貫而入，每個人都拿出幾枚銅錢給那個人，換回一支竹簡。玉環公主從腰間掏出一個香囊，從裡面掏出銅錢，換回兩支竹簡，遞給哪吒一支，囑咐他拿好。哪吒把它握在手裡，看到狹長的簡身上畫著一條長龍，背面是一條金色的鯉魚。

穿過拒馬以後再往下走，哪吒終於抵達了地下。先是一股微微帶著腐臭味的洞穴氣息撲面而來，然後一幅奇特的景象映入哪吒的眼簾：自己正置身於一個拱頂下的寬闊空間內。腳下是一塊長長的磚石平台，平台的兩側是兩條圓筒狀的隧道，隧道底端比平台邊緣要矮上五丈，這讓平台顯得像一個小小的懸崖。有趣的是，平台上的人不是集中在中間，而是站在兩側小小的懸崖的邊緣，他們或者朝左邊的隧道口望去，或者望向右邊，但兩邊都是深沉的黑色，就像兩個不知通往何處的黑漆漆的山洞。

「他們在張望什麼？」哪吒問，也好奇地朝平台邊緣走去。玉環扳住哪吒的肩膀，示意他站在一條白線的內側，然後指了指隧道的盡頭，做了個等待的手勢。

大約過去了一炷香的時間，這一邊的黑洞裡發出一聲低沉的嘯聲。哪吒感覺到平台在微微地震動，風速也陡然增強了，黑洞裡隱隱傳來金屬的鏗鏘聲。他看到兩點瑩瑩的綠光在黑暗中閃現，似乎有什麼巨大的怪物在逐漸接近，一種莫名的壓力攫住了他的恐懼，讓他幾乎拔腿就跑。玉環把一隻手搭在哪吒的肩膀上，讓他安心。

接下來哪吒所看到的情景，即使過了一百年他也不會忘記。

一個碩大無朋的龍頭從黑暗的山洞裡探出來，不是孽龍那種戾氣凝結而成的妖魔，而是一條真正的、活生生的龍！龍頭在平台側面的圓筒隧道裡緩緩前進，龍鱗閃著微微的金光，整條身體擺動著，從黑暗中逐漸游了出來。之所以用「游」，是因為哪吒注意到，這條龍是懸空的，下面的幾隻爪子懸在離地面一丈左右高的地方。氣流變得急促起來，站在平台邊緣的人們紛紛壓住帽子，免得被吹飛。

當龍頭抵達圓筒隧道的另外一端時，它的尾巴恰好從黑暗中完全鑽出來。看得出來，這個平台是根據它的長度為它量身打造的，不長不短。龍的鼻子忽然噴出兩團微微發腥的熱氣，身子一沉，龍爪緊緊抓住隧道底部的凸起，整個身軀不再懸空，恰好填滿了隧道與平台之間的空隙，與平台上的人近在咫尺。

哪吒所站的位置，是在龍頭旁邊。那個巨大的龍頭快及得上一輛馬車大小了，相比起來孽龍簡直小得像一根筷子，哪吒的身材更是微不足道。哪吒仰起頭來，膽怯而好奇地靠近這個大龍頭。他簡直不敢相信，這樣的大傢伙居然就在眼前，讓他盡情端詳。紫褐色的犄角、龍吻旁那兩撇蛇一樣的長長的觸鬚，還有雙眼之間的紫紅色瘤子與下頷的深青色龍鱗，細節清晰，真切無比。這條龍沒有畫冊上的龍那麼威武，也沒有孽龍那麼暴虐，它只是安詳地趴在隧道裡，兩隻燈籠般大小的眼睛望著前方，偶爾眨巴一下，淡漠而悠然，似乎對周圍發生的一切都漠不關心。

哪吒伸出手想去摸一下，手還未觸及，龍那車輪大小的黃玉瞳孔突然一轉，碩大的龍眼一下子瞪向哪吒。哪吒嚇得手一軟，甜筒脫手而出，扣在了龍頭的下頷上，那裡的鱗片上有一個頗為醒目的凹陷傷疤，黏稠的糖漿就順著這道傷疤坑道流淌下去，將其填滿，就好像誰用彩色粉筆畫了一道似的。「對不起，對不起。」哪吒一下子著了慌，急忙從兜裡掏出手帕，要去給龍擦拭。玉環把他拉住，掩口笑道：「你這孩子，也不知你是愛乾淨還是不愛乾淨，怎麼能用手帕去擦龍鱗呢？不用操心，會有清潔工來給它擦洗的。」

哪吒「哦」了一聲，走到龍頭前，一本正經地朝它鞠了一躬，大聲道：「對不起，把你弄髒了！」

他的舉動讓周圍的人都笑起來，大家覺得這孩子真是乖巧天真。只有龍還保持著淡漠的眼神，似乎完全沒聽懂他在說什麼。玉環公主拉起哪吒的手，催促說：「咱們快上去吧，馬上就要走了。」哪吒這才注意到，這條龍身軀上的鱗片一片片地豎了起來，像是一棟所有窗戶都打開的大樓。玉環熟練地扯住一片龍鱗，讓哪吒坐上去。哪吒注意到，鱗片的邊緣被刻意磨平，還用棉布包裹住，正適合一個人坐下。他看到其他乘客也都按照順序，每人扯住一片鱗片坐上去。沒搶到的人只好留在平台上。

隨著一聲龍吟，這些鱗片慢慢收攏起來，把所有乘客都巧妙地嵌在了鱗片和身軀之間，沒有掉落之虞。然後，整條龍重新懸空而起，一頭扎進隧道裡，速度由慢變快。哪吒被鱗片夾在龍身上，不敢動彈，只能瞪大了眼睛朝外頭看去。鱗片發出淡淡的黃光，勉強可以照亮附近。他能夠看到眼前的隧道磚壁紋路在高速後退，風吹起頭髮，和坐飛機在天空飛行的心情略像，但總有一種特別壓抑的感覺，不夠盡興。他想起沈文約提過，騎龍飛翔才是人生最爽的事情，如今騎上了真正的龍，卻沒有那種翱翔的快感——畢竟地底隧道根本沒法和開闊的天空相比。

「不知道這條龍會不會覺得難過。」哪吒腦子裡冒出這麼一個念頭。

玉環公主從臨近的鱗片裡探出頭來，興致勃勃地給哪吒介紹道：「整個長安城的地下，修建了十幾條地下龍線路。真正的龍就在這些隧道裡鑽行，快速地把市民從一處帶到另外一處。」

「那得要多少條龍啊？」

「幾百條吧。全靠這些龍日夜在長安城地下穿行，長安城才能維持這麼大的規模與活力。我們都叫它們地下龍。」

「它們都是活的嗎？」

「當然是活的，死掉的龍怎麼會動嘛。」

「那麼它們一定也會飛嘍？」

「現在它們就是在飛呀，雖然離地面不是很遠。」

「可是，總是在這樣的地下待著，不覺得難過嗎？不憋悶嗎？難道不想飛到天上去嗎？」哪吒同情地問道。有一次他爬到母親的書箱子裡，一不小心被關在裡面好幾個時辰。他覺得箱子裡又黑又窄，幾乎不能呼吸，整個人快嚇死了。他想，這些龍的心情應該也是一樣的吧。

面對哪吒的問題，玉環公主說，長安每年都會有龍門節，屆時會有許多鯉魚在壺口瀑布跳過龍門，化身為龍，然後來到長安城。

「聽起來好可憐啊。」

「不是每條鯉魚都能跳過龍門的。它們費那麼大的力氣變成龍，不就是為了能來到長安城嗎？在這座城市裡工作，可是它們最好的夢想。」玉環公主自豪地解釋，然後像是想起什麼，高興地說，「今年的龍門節快到了，如果大將軍同意的話，你就有機會親眼看見那個情景。」

「真的呀？是坐沈哥哥的飛機去看嗎？」

「哼，那個笨蛋，坐他的飛機，你有幾條命都不夠。」

「玉環姐姐，你好像很不喜歡沈哥哥啊。」

「誰會喜歡那種輕浮的傢伙！」

可在淡淡的龍鱗光的映襯下，哪吒看到玉環公主的臉色變得有些緋紅。這個奇妙的景象，和地下龍的心情一樣，都是小哪吒無法理解的。

很快，地下龍到站了，鱗片重新舒展開來。玉環公主幫著哪吒站回到平台上，哪吒徑直走到龍頭前，向它大聲道謝，還用小手去摸了摸那條飛舞的龍鬚。龍鬚像是受驚的兔子，一下子就飄開了。龍的眼睛依然淡漠，它安靜地等待另外一撥乘客上去，然後鑽進隧道，繼續前行。

這一天哪吒玩得很累，回到家倒頭就睡，連衣服都沒脫。夢裡全都是龍，它們在天空飛著、叫著，然後天幕逐漸壓低，直到完全沉入地下，只留出狹窄的空隙讓它們鑽行。到了第二天，玉環公主有事沒來。哪吒跟母親說要自己出去玩，他拍著胸脯說：「昨天玉環姐姐已經把所有的事情都告訴我了，不會有問題的。」於是媽媽就答應了，只是叮囑他要早點回來吃飯。

這是哪吒第一次自己逛長安城，他興奮得手心都出汗了。之前，很多地方玉環姐姐都不讓去，說是危險，這次他自由自在，可以盡情探險了。哪吒換了一身野外探險服。這身衣服是砂黃色，胸口和袖管上一共有六個兜，可以裝很多東西。這是當年父親送給他的生日禮物，希望他能夠像在沙漠中戰鬥的勇士一樣堅強。可惜這些兜沒用來裝武器，反而塞滿了一大堆零食，從塞北的奶酥到西域的胡椒麻糖，一應俱全。街上賣零食的攤位鱗次櫛比，花樣層出不窮，哪吒買得沒有節制，直到兜裡實在塞不下才罷手。然後他一路走，一路逛，一路吃，一路玩，自由自在，開心得不得了。

不知不覺，哪吒發現遠處有個牌樓，牌樓上畫著兩條金龍托起一顆寶珠，寫著「長安地下龍—朱雀站」幾個字——應該是一處地下龍站。他回憶起昨天的場景，毫不猶豫地走了過去，想再去見識一下巨龍進站的宏偉英姿。

地下龍站和昨天沒什麼區別，只是人稍微少了點。這個站相對比較偏僻，沒有利人市驛那麼繁忙。在這裡的平台中央有兩排綠色的座位，不過大家都在站台邊緣等著乘龍，沒人去坐。哪吒跑到平台中間，挑了個最舒服的姿勢坐好，掏出零食來，一邊吃一邊等著看巨龍進站。平台兩側有兩條隧道，相向而行，平均每兩炷香的時間就會有一條巨龍游過來，放下一批乘客，再帶上一批乘客。哪吒就這麼看著一條條巨龍緩緩進入站台，把身子嵌入隧道，任憑人們抓住它的鱗片，然後擺著尾巴離開。那巨大的身軀在站台浮起的一瞬間，總讓哪吒有一種它即將騰空飛上九天的錯覺。

哪吒注意到，這裡每一條龍的眼神都和昨天那條龍一樣，淡漠、平靜、死氣沉沉，對周圍的變化毫無反應。雖然玉環姐姐說它們都是活的，可這種眼神只會讓哪吒想到家裡那些木雕的士兵玩偶。又是一條巨龍即將進站，人們開始在站台邊緣做好準備。當巨龍的頭探入隧道時，哪吒一下子站了起來，把吃到一半的胡椒餅碰到了地上。這條龍和之前的那些龍沒區別，它們在人類眼里長得差不多。但是哪吒眼睛很尖，一眼就看到了這龍下巴鱗片上的彩色糖漿，那是他昨天失手沾上的，顏色淡了許多，但疤痕依然醒目。

沒想到能夠和那條巨龍再次碰面，哪吒很高興，像是碰到一個老熟人一樣。他跑到站台盡頭，在龍頭前用力揮手：「喂，大龍，你還記得我嗎？我是昨天把你弄髒的那個人呀，我叫哪吒。」巨龍沒反應，黃玉色的瞳孔只是微微地挪動了一下。哪吒以為是自己個子太小，巨龍聽不到，就踮起腳，盡量貼近龍的臉。這時巨龍的表情起了變化，它的長吻微抬，眼瞼下的肌肉開始顫動。哪吒以為是自己的呼喚起了作用，就把手揮舞得更加起勁。巨龍終於無法忍耐，它眯起雙眼，張開足以吞下一頭牛的大嘴，脖子陡然向後彎曲，打了一個震耳欲聾的噴嚏。

這個噴嚏聲音太大了，把整個地下龍站震得微微發顫，拱頂上的大吊燈來回晃動。巨龍的身軀也隨之扭動翻滾，一下子把正在往龍身上攀爬的乘客都甩了下去，站台上一時間驚呼連連，一片混亂。哪吒也被強大的氣流掀翻在地，他倒地的一瞬間想起來了，自己剛吃完胡椒餅，手上全都是胡椒的味道，難怪巨龍會打噴嚏。

「糟糕，這回要被玉環姐姐和我爹罵了……」哪吒懊悔地想，可是他又突然覺得很興奮。巨龍會打噴嚏，一下子讓哪吒覺得親切不少，這說明它對周圍的環境還有感覺，還是活生生的。

哪吒從地上爬起來，拍乾淨手上的胡椒粉，無意中看到巨龍高高抬起的下頷有一片鱗片豎了起來。一般來說，乘客們只會選擇巨龍身軀上的鱗片來乘坐，因為那裡足夠寬大，而且垂直於地面。下頷這個位置很彆扭，鱗片小不說，如果完全合攏的話，裡面的乘客會臉朝下，平行於地面，不適合當成座位。所以在巨龍進站的時候，這一片鱗片從來不會豎起來，也不會有人跑到龍頭來找座位。哪吒看了幾十條龍進站出站，無一例外。但此刻一個小小的例外，正展現在哪吒眼前。估計是巨龍噴嚏打得太強烈，不小心把下頷的鱗片給掀開了。看著那個剛好可以容納自己的小鱗片，一個充滿誘惑的想法湧入哪吒的腦海：「玉環姐姐說這是它們在長安的工作，那麼它們工作結束以後，應該就有時間飛上天空玩了吧？我如果偷偷跟著，豈不就像文約哥哥說的一樣，可以乘著龍上天……」

哪吒看看四周的大人都忙成一團，沒人注意到自己，一縮脖子，「刺溜」一下鑽到巨龍的下頜處，用手扒住鱗片邊緣攀進去，再將鱗片悄悄合攏，把身子完全藏在鱗片後面。這下子沒人能發現這裡藏著一個小孩子了。哪吒把自己的身體蜷縮起來，想著乘龍飛天的美妙感覺，昏昏沉沉地睡著了……

等到哪吒醒來時，他發現巨龍仍舊在高速游動著，沒有停歇的跡象。他偷偷掀開鱗片，朝前面望去。從下頜這個角度可以看到巨龍正前方的視野。可是哪吒什麼都看不清，只勉強分辨出隧道的輪廓，隧道的拱頂鑲嵌著一圈接一圈的鐵框，不斷在巨龍和哪吒的眼前閃過，隧道的盡頭看起來卻遙不可及。

這不像在天空的樣子，也不知道現在是什麼時間。「應該快下班了吧？」哪吒小小地打了一個呵欠，回身望去，巨龍背上的鱗片都已收攏，上面空無一人。巨龍對哪吒的存在似乎全無覺察——或者說覺察到了但是根本不打算理睬——它就這麼沉默地在隧道裡飛著，速度平穩，姿態優美，而且十分精確，巨大的身軀在騰挪時從來不會碰到頂棚或牆壁。

過了約莫五炷香的工夫，遠處的隧道忽然有了一絲光亮。哪吒精神一振，心想，終於走到盡頭了。他舔舔嘴唇，兩隻小手抓緊鱗片邊緣，緊緊盯著那逐漸擴大的光亮。當光亮大到足以籠罩整個視野時，哪吒感覺巨龍的身子突然微微一沉，隨即又飄浮起來。哪吒耳邊響起呼呼的風聲，身體有一種奇妙的懸空感，這說明巨龍已經飛上了天空。哪吒大喜過望，可當他的眼睛適應了光亮以後才發現，所謂「天空」只是錯覺。此時，他和巨龍正置身於一個碩大無朋的地下洞穴的半空。這個洞穴是一個標準精確的圓筒形，非常大，大到就連這條巨龍也只像是一隻蒼蠅而已。洞穴的牆壁上鑲嵌著無數的夜明珠，比起漆黑的隧道來說已經非常明亮了，就好似夕陽即將落山時那一剎那的亮度。

哪吒看到，洞穴四周的山壁上密密麻麻有好多隧道口，上面標記著壹、貳、參、肆之類的編號。不時有巨龍從裡面鑽出來，或者鑽進去，十分繁忙。哪吒的眼力很好，他很快就驚愕地發現，每一條巨龍的尾巴上都拴著一條黑色鐵鏈，而這些鐵鏈的盡頭，是一根位於洞穴正中央的巨大銅柱。這根柱子頂天立地，柱體是由無數黃橙橙的齒輪構成的，它們大大小小彼此嵌合，讓人眼花撩亂。那些巨龍在飛翔的時候，尾巴扯著黑色鐵鏈，帶動齒輪轉動，發出低沉的「咔咔」一聲。

銅柱附近飛翔著更多的巨龍，有數百條。它們像一群燕子，聚攏在洞穴正中央的一根頂天立地的黃銅大柱子附近，忽高忽低地飛著。它們尾巴上綴著的幾百條鎖鏈密布在整個洞穴空間，縱橫交錯，好似一張令人窒息的大蜘蛛網。這個洞穴裡的蜘蛛網不是靜態的，而是隨時根據巨龍的進出在變化著。這麼多巨龍帶著這麼多鐵鏈在半空交錯，居然不會彼此相撞或糾纏在一起，可真是件不得了的工作。毫無疑問，這裡應該是長安城地下的最深處，地下龍線路的調度樞紐。

哪吒連忙低頭看去，果然，這條巨龍的尾巴上也拴著一條鐵鏈，這也解釋了為什麼它們在進站的時候會發出鏗鏘的金屬碰撞聲。哪吒很清楚鐵鏈有什麼意義。他在陳塘關的時候，家裡曾經養過一條大狼狗，它非常凶惡，所以家裡人把它用鐵鏈拴在角落裡，防止它到處亂跑傷人。難道在長安人的眼裡，這些巨龍是和狼狗一樣的動物嗎？

這時候，巨龍開始下降。它熟練地在空中沿著特定的軌跡游動，不敢擅自盤旋，因為一亂動就會和別的巨龍的鐵鏈糾纏在一起。很快，它接近了大銅柱，柱子上幾個齒輪的轉速變快，尾巴上的鐵鏈被慢慢絞緊，直到這條巨龍完全降落在柱底。柱子的底部是一個寬闊的廣場，密密麻麻地分布著許多凹坑，坑的大小剛好能容納一條盤起的巨龍。

巨龍落下的正是其中的一個坑，坑旁還擱著一個巨大的陶製食盆，裡面散發著一股淡淡的肉腥味。

哪吒忽然聽到人的說話聲，連忙把自己重新藏到鱗片裡，只留出一條縫隙朝外望。他看到兩個身穿草綠短袍的男子邊說邊笑地走過來。他們頭戴方帽，手持長柄拖布、水桶和一根長長的竹水管，衣服正面還寫著一個大大的「龍」字。他們來到坑旁，巨龍自覺地把身軀伏了下去。其中一個人把竹水管接到一個水龍頭上，水管噴出清涼的水灑在巨龍身上。另外那個人則拿起刷子和拖布，就著水為巨龍清洗鱗片。很快，他們刷到了下頷，一人皺起眉頭，拿刷子狠狠地蹭了幾下，抱怨道：「這是誰幹的？沾上糖漿了可不好洗。」

「昨天就有了，還正好填在那道傷疤裡，蹭都蹭不掉。」另外一人說。

清潔工用刷子仔細地探進疤痕，費力地一點點蹭，順嘴問道：「這傷疤怎麼來的？撞到隧道了？」

「不知道，反正打來的那天，它就有這道疤了。」同事回答。

哪吒縮在鱗片裡不敢動彈，生怕被發現。好在清洗工作很快就結束了。兩個清潔工拍了拍巨龍的長吻，給它在食盆裡放了一大塊生肉，然後離開了。哪吒聽了半天沒動靜，這才掀開鱗片，跳到地面上。他仰起頭，看到巨龍在用爪子撕扯著生肉，卻不下嘴，便問道：「你不餓嗎？還是沒胃口？媽媽說玩食物是不對的。」不知道為什麼，他感覺巨龍一定聽懂了自己在說什麼。果然，巨龍的動作稍微停滯了一下，然後又自顧自地撕扯起來。哪吒見它不理自己，只好環顧四周。

此時，夜明珠的亮度已經變暗，進入中央洞穴的巨龍越來越多，出去的越來越少。銅柱的齒輪絞緊一條條鎖鏈，把巨龍們紛紛拉到地面。它們經過短暫的清洗，返回自己的坑內。慢慢地，大部分坑裡都趴滿了巨龍，看起來蔚為壯觀。哪吒好奇地跑到隔壁坑去看。那裡趴著一條巨龍，正在呼呼大睡，似是疲憊至極，居然還在輕輕地打著呼嚕。而另外一側的坑裡，一條巨龍正抓著生肉大吃大嚼，還不時斜眼偷看其他龍的食盆。它們在隧道裡都是千篇一律的淡漠表情，到了這時候，卻顯露出了不同的個性。哪吒覺得，這才是巨龍們真正的自我。不過他很快發現，即使到了現在，那些鐵鏈仍舊拴在龍尾巴上，讓這些巨龍無法離開自己的坑很遠。以銅柱為中心，四周密密匝匝地輻射出幾百條鐵鏈，幾百條龍就攤成一個扇面，圍著銅柱趴好。

「真是太可憐了……」哪吒心想。這個中央洞穴雖然巨大，壓抑感卻很強烈。每天都要被關在這個壓抑的地方，連自由活動都不行，哪吒簡直不敢想像。這時候，哪吒感覺到脖頸有一股熱氣噴來。

第三章

蛻去魚鱗化身為龍

哪吒連忙回頭，看到那條饞嘴的巨龍正饒有興趣地盯著他，牙齒上還沾著生肉的鮮血，食盆裡已經空無一物。

「它不會要吃我吧？」哪吒嚇了一跳，這時候他所站的位置，恰好位於這個坑的邊緣，是這條龍可以碰到的範圍。他連忙轉身後退，巨龍歪了歪頭，把脖子垂下來，張開大嘴輕鬆地一口銜住小男孩的衣領，將他叼到半空中。

就在這時，從遠處傳來一聲龍嘯，這條巨龍的動作一下子停滯了。在半空中掙扎的哪吒發現，這聲音是從那條沾了糖漿的巨龍口中發出來的。它半抬起身子，衝這邊豎起了觸鬚。叼著哪吒的這條巨龍鼻子裡噴出一股熱氣，似乎對它很不滿。那條巨龍又叫了一聲，晃動尾巴，把自己食盆裡沒吃的那一大塊生肉啪地甩到這條龍的面前。這條巨龍立刻不再怒目以對，高高興興地放下哪吒，把肉一口叼回坑裡去。

死裡逃生的哪吒渾身都是冷汗和龍涎的腥臭味道，他連滾帶爬地跑回第一個坑，對巨龍說：「謝謝你救了我！」巨龍閉上眼睛，自顧自地睡去。哪吒拽了拽它的龍鬚：「你把肉給了別的龍，那你吃什麼？不會餓肚子嗎？」巨龍也不理他。哪吒忽然想到，自己的口袋裡裝滿了食物。雖然這些東西恐怕不夠巨龍吃一口的，但聊勝於無。他把口袋都打開，掏出一大堆五顏六色的零食捧在手裡，送到龍嘴前面。巨龍突然警惕地睜開眼睛，咧開大嘴，又要開始打噴嚏。哪吒一看，原來這一堆零食裡夾雜著幾粒胡椒麻糖。看得出，這傢伙對帶胡椒味的東西異常敏感。他趕緊拿遠，生怕自己被噴嚏噴飛。

這時那條連吃兩塊肉的龍抬起爪子，向哪吒擺了擺，從喉嚨裡滾出一段含混的聲音。哪吒不明白它想幹什麼，那龍用一隻尖銳的指甲指了指他手裡的零食，又指了指自己的嘴巴。

「可是你已經吃得夠多的啦！」哪吒大聲說。

那龍露出了討好的表情——雖然實際上看起來挺恐怖的。哪吒想了想，朝它的方向走了幾步：「我可以給你嘗一點，但是你不許吃掉我！」那龍點點頭，完全聽懂了哪吒的話。哪吒從這堆零食裡挑出幾塊糖，遠遠地扔給巨龍。沒等它們落地，巨龍舌頭一捲就吞到肚子裡去了，然後它滿意地打了一個響鼻，表示還想要。

這時周圍的龍也都發現了哪吒的存在，紛紛用好奇的眼神看過來，零食的香氣讓它們變得活躍起來。那條貪吃的龍仰起脖子，趾高氣揚地吼了一聲，這一下附近的巨龍們都騷動起來，看向哪吒的眼神變得貪婪而興奮。哪吒數了數龍的數量，又數了數手裡的零食，為難地抓了抓頭，自言自語道：「哎呀！這下可麻煩了，這一點根本不夠分啊。」他只好大聲說道：「我今天沒有帶很多吃的來，你們每人……呃，不，每龍只能分到一點，大家不許搶啊。」然後，他懷抱著零食站在過道當中，一條條地喂過去。兩側的巨龍紛紛低下頭，像小狗一樣等著被哪吒喂上一兩塊糖餅或甘蔗圈。轉了一圈下來，哪吒兩手空空，東西全發光了。這些巨龍舔了舔嘴，意猶未盡，和小孩子差不多。

哪吒最後還偷偷留了一個甜筒在手裡，想留給帶他進來的那條巨龍。可是那傢伙趴在坑裡閉著眼睛，對周圍的熱鬧熟視無睹。哪吒說：「如果你再不理我的話，最後一個甜筒也要分給別的龍嘍？」巨龍厭惡地擺了擺尾巴。

這時貪吃的巨龍又向哪吒擺了擺爪子，示意他靠過來。哪吒不太敢，站得遠遠的，對它大喊：「吃的已經發光了，沒有了。」巨龍歪歪頭，似乎在想什麼事情，它忽然挺直了脖子，張開大嘴，發出一陣咕嚕咕嚕的聲音，吐出了一顆閃光的小球。附近的巨龍注意到它的舉動，十分驚訝，低沉的吼聲此起彼伏，似乎在爭論著什麼，還有龍拍打著尾巴，發出「啪啪」的聲音。巨龍把這顆閃光小球扔過來，哪吒捧起它，不明白是什麼意思。巨龍張開嘴，做了一個吞嚥的動作。

「是讓我吃了它嗎？」哪吒問。巨龍十分人性化地點點頭。哪吒想了想，雖然玉環姐姐說過不要隨便接受陌生人的食物，但她好像沒說過碰到陌生龍該怎麼辦。哪吒把它放到唇邊，想先嘗嘗味道，可它像是有生命似的，一下子就滾過咽喉，落到哪吒肚子裡去了。一瞬間，哪吒就像被人拔掉了耳朵裡的耳塞一樣，一下子陷入了巨大的喧囂之中。無數的聲音帶著各種語氣衝進腦子，好似一鍋煮開的水。他驚駭地四下張望，試圖尋找聲音的來源，結果發現是來自那些巨龍。神奇的是，它們的嘴沒有嚅動，可每一條龍分明都在哇啦哇啦地說著話，把中央洞穴變成了一個鬧騰的菜市場。在吞下那顆小球之前，這裡分明安靜得像墳墓。更神奇的是，這些龍說的話，哪吒現在居然能夠聽懂了。

「喂，現在能聽懂我說話了？」貪吃龍說道。它的聲音很清朗，像是個開朗的年輕人。

哪吒驚慌地點了下頭，剛要張嘴，可又不知該怎麼表達。他注意到，巨龍說話的時候嘴巴根本不動。

「你正常說話就可以，我聽得懂。」貪吃龍說。

哪吒調整了一下呼吸：「你給我吞下的是什麼東西？為什麼我突然能聽懂你們的話了？」

「按照你們長安城的說法，我們龍族用來交流的聲音和人類不同，屬於高頻聲音，所以我們說話的時候，人類根本聽不見。你吃了這顆龍珠，耳朵就能接收到龍族的聲頻，就能理解我們的話了。」

「它不應該把龍珠給你。」一個凶狠的聲音在旁邊響起，那條甩著尾巴的龍怒氣沖沖地對哪吒說，「你知道嗎？一條龍一輩子只能產一顆龍珠，用了就再也沒有了。」

「你給我的是這麼珍貴的東西啊？那你會死嗎？」哪吒說，心裡有些驚慌。

貪吃龍無所謂地擺了一下龍鬚：「怎麼會？最多是傳承不便罷了——反正在這種地方待著，我也沒指望傳承什麼。」

「可是人類會把龍珠拿去做研究，發明更多折騰我們的玩意兒。」反對者抬起爪子。

「他只是個小孩子嘛，誰會知道他能聽懂龍語？何況我把龍珠給他，是有重要的事。」貪吃龍說到這裡，垂頭對哪吒說，「我可從來沒想過要吃掉你啊，剛才叼住你的衣領，只是想把你兜裡的零食都吃掉罷了。我知道你身上還有一個甜筒，快點給我吧。」

「不行不行，那是給甜筒留的。」哪吒趕緊捣住口袋。

「甜筒？」貪吃龍面露疑惑。

哪吒指了指那條被他灑了糖漿的巨龍：「我不知道它的名字，所以就給它起了一個外號。」那條巨龍仍舊趴在坑裡，對周圍發生的一切無動於衷，一臉冷漠。

貪吃龍道：「我們龍族從來不用名字，腦波一放就知道說的是誰了……嗯，不過有個名字也挺有意思的。那你說我叫什麼？」

哪吒想了想：「你這麼能吃，就叫『饕餮』吧。」貪吃龍覺得這個發音不錯，很是滿意。可那個反對者咆哮起來：「龍族怎麼可以用人類的名字！」哪吒摸了摸它的龍鬚：「你快把我的耳朵吵聾了，就叫『大聲公』好了。」反對者的怒火一下子平息了，它開始認真地思考這個名字好不好聽。過了一會兒，它忽然反應過來：「不好聽！換一個！」

「『雷公』呢？」

反對者這才滿意地點點頭，然後鄭重其事地對哪吒說：「你得發誓，絕對不把龍珠的秘密洩露出去，不然我就把你吃掉。」

「我發誓，如果我把這個秘密說給別人聽，我就……呃，就被雷公吃掉！」

「是吃掉一半。」饕餮提醒道，「另外一半是我的。」

逼著哪吒發完誓後，雷公得意揚揚地爬回自己的坑裡，把自己的名字用龍語四處發射出去炫耀。這一下子，原本吵鬧不休的巨龍們都把脖子探過來，紛紛向哪吒索要名字，不然就吃掉他。哪吒沒辦法，只得一一給它們起名字。開始的時候，哪吒還算能應付，到後來巨龍越來越多，他就有點詞窮了——對一個十歲的孩子來說，給這麼多條龍起名字真不是件容易的事。他只好胡亂用自己家的寵物、器具或者玩具的名字，起得亂七八糟。好在這些巨龍也不知道，一個個興高采烈地接受了，然後互相吆喝。剛才它們吃了哪吒的零食，對他完全沒有敵意，現在又得了名字，態度更是熱情。這些巨龍雖然體型龐大，性格各異，但總體來說都比較天真，和人類中那些心思沉重的成年人不能比，只要一些零食和名字就能讓它們高興半天。

哪吒注意到，在這一片熱鬧的景象中，那條叫甜筒的龍總是無動於衷，似乎這一切都跟它沒關係。哪吒問饕餮它是不是生病了，饕餮吹了吹龍鬚，發出一聲感慨：「那個傢伙啊……性子比較古怪。」

「有多古怪？」

饕餮抬起頭，看了看那根巨大的黃銅齒輪柱子：「你應該聽說過壺口瀑布吧？」哪吒點點頭，他聽玉環姐姐說過。黃河裡的鯉魚每年都在壺口瀑布跳過龍門，變成龍，然後被帶到長安城的地下。

「我們當鯉魚的時候，都拼命努力，希望能早日躍過龍門，蛻去魚鱗化身為龍，滿心以為可以一步登天。結果一跳過龍門才知道，早有長安城的軍隊等在那裡，把我們捉到這裡的地下，每天圍著隧道低飛，別說天了，連光亮都見不到。」饕餮不無失落地感慨道，「可是我們已經被死死拴在這根該死的柱子上，再也沒有出去的機會，大部分龍都認命了——只有那個傢伙拼命反抗過。」

哪吒聽了，心中一驚。這時雷公也湊過來，語氣裡帶著幾絲崇敬：「那次它可是折騰出了好大的動靜，地動山搖，風雲變幻，直到白雲觀的幾位道長出手，才把它制服——那道疤就是那時候留下來的。」周圍的龍紛紛應和，看來那一次事件令它們都記憶深刻。

「然後呢？」

雷公惋惜地嘆了口氣：「然後它就被道士們封住，著實吃了不少苦頭。這樣的事發生了好幾次，它都沒辦法擺脫這根柱子。要知道，一條龍的反抗精神越強大，它絕望以後心死得就越徹底。像甜筒這樣傲氣的傢伙，當它意識到再怎麼反抗也不可能離開地下以後，就變成那副自暴自棄的模樣了。」

「你們怎麼不去幫它呢？」哪吒略顯生氣地質問。

饕餮苦笑一聲：「反抗又有什麼用呢？長安城可比我們強大多了。再說了，在這裡雖然暗無天日，但畢竟每天都有人來給我們清潔，給我們吃的。鑽隧道是辛苦，但總比死了好嘛。」

「龍難道不是天生就該在天空飛翔嗎？」

「那只是個傳說。」饕餮的龍爪子漫不經心地敲著地板，「我們一變成龍就被抓來長安城了，從來沒飛上過天空，根本不知道那是什麼感覺，所以也不關心。」哪吒感到不可思議，龍居然不想飛翔？而且這似乎還不只是饕餮的想法，四周許多巨龍都流露出贊同的意思。它們眼裡沒有渴望，沒有追求，只有美食才能引起它們的興趣。

這時候，雷公伸長脖子望向穹頂，雷聲隆隆地說道：「甜筒之所以那麼激烈地反抗，大概是因為，它是這裡唯一嘗過在天空中飛翔的滋味的傢伙……」

「這豈不是太可憐了嗎?!」

哪吒的小臉蛋因為同情和憤怒而泛起片片紅暈。他走到甜筒趴著的大坑邊緣，抬起腦袋，大聲說：「喂，我現在能聽懂你的話了，你可以理我了。」甜筒還是一副漠然的表情，一言不發。「如果你真的不想理我，剛才幹嘛從饕餮嘴裡救我，還把肉讓給它呢？」哪吒委屈地質問道，抬手把甜筒遞過去。遠處的饕餮撓了撓龍頭，面露尷尬，對雷公嘀咕道：「我根本沒打算吃他好不好……」雷公瞪了它一眼，讓它閉嘴仔細看著。

哪吒見甜筒還是無動於衷，又踏前一步，來到巨龍的嘴邊。他伸出小手，粗暴地推開巨龍肥厚的下嘴唇，露出兩顆如門板般大小的白色巨齒，那裡的齒縫足可以讓一個小孩子穿行。哪吒把甜筒托在手裡，毫不客氣地從兩顆牙齒之間塞進去。對於這種無禮的舉動，巨龍居然還是沒做任何反抗，任憑甜筒掉進自己的嘴裡，慢慢被龍涎潤濕融化，化出一道微不足道的甘甜沁入舌尖。

「我最喜歡吃甜筒了，又香又甜，只要吃上一口，這種味道就再也忘不掉了。」哪吒說，「你在天空飛過，對嗎？是不是也忘不了那種感覺？」甜筒本來耷拉下來的兩條龍鬚，微微顫動了一下。

「你被這根大銅柱拴住，所以沒辦法飛起來，對不對？」

「……」

「如果鐵鏈解開，你就一定會飛出去，對不對？」

「……」

甜筒的龍鬚又擺動了一下。哪吒的嘴噘了起來，眼睛裡閃出一道堅定的神色。他轉身從甜筒身邊走開，饕餮和雷公問他去哪裡，哪吒指了指那根巨大的黃銅柱：「我去把鐵鏈解開，讓甜筒恢復自由。」

饕餮發出呵呵的笑聲，覺得這孩子真是天真可愛，可很快它的笑聲被雷公的吼聲截斷了。它們看到，哪吒已經走出巨龍們棲息的坑區，沿著一條凸起的金屬脊棱朝著銅柱底部走去。「喂，他不是認真的吧？」饕餮一臉緊張地問。雷公搖搖頭，不知是說他不會是認真的，還是說自己不知道。其他巨龍也發現了這個小小的人在做的事情，都驚訝地伸長了脖子，發出高低不一的龍吟。哪吒沒有朝後看，他一步步地朝前走去，嘴唇緊緊地抿在一起。媽媽如果看到他這樣的表情，一定會把手指放在額頭上嘆息道：「這個倔強孩子。」

那條凸起的金屬脊棱應該是檢修人員用的通道，它的頂端很平，留出了一棱一棱的階梯，兩邊每隔幾丈還有兩個扶手。哪吒一步步邁上去，越靠近銅柱，腳下的路就越陡峭。周圍的黑色鎖鏈和管道密密麻麻地盤踞在地面和半空，彷彿一隻大蜘蛛的巢穴裡塞滿了蛇。蒸汽不時從漆著黃色數字的連接閥門中噴出來，像一朵朵稍現即逝的白花。

低沉的嗡嗡轉動聲在哪吒耳邊越發響亮，哪吒擦擦額頭上的汗水，知道自己快接近銅柱了。他極力抬起頭朝上面望去，從這個角度看，銅柱高聳入雲，如同崑崙山一樣巍峨而不可攀。直到這時候，哪吒才發現，這根巨大的銅柱不是鑲嵌著齒輪，它本身其實就是由無數黃橙橙的齒輪構成的。這些齒輪有大有小，小的只有哪吒的手掌大，大的甚至比巨龍的腦袋還要大上幾圈，它們彼此以極其複雜的方式齧合在一起，以不同的速度轉動著，帶動灰色的傳送皮帶和黑色鎖鏈往復運動，形成一幅流動的金屬畫卷，多看一眼都會讓人暈頭轉向。

這裡和龍坑不一樣，沒有生命氣息，連蒼蠅和老鼠都沒有，只有冷冰冰的金屬機器不斷地發出噪聲。就連鑲嵌在牆壁上的夜明珠都顯得無精打采，整個區域頗為陰沉灰暗。哪吒最終抵達銅柱底部的時候，看到在銅柱的表面有一排凸起的扶手。扶梯向上延伸了五十多丈，在扶手盡頭處的銅柱外壁上掛著一間古怪的鎦金小屋，屋子方方正正，大門上鐫刻著一條五爪金龍和牡丹花，頂上被無數管線與銅柱連接在一起，還有一大塊水晶石鑲嵌在側面，透著高貴的氣息。小屋是半敞開式的，可以勉強看清裡面——其實裡面什麼都沒有。

「這裡應該就是開關吧？」哪吒心想，他收藏的玩具裡，也有類似這樣的東西，只要那麼輕輕一擰，就可以讓玩具停止跑動。他深深吸了一口氣，雙臂抓住第一級的扶手，然後朝上面攀爬而去。初時幾級還好，往上爬了十幾個扶手以後，哪吒開始有些後悔了。這東西看起來並不像想像中那麼好爬，他的四肢發酸，頭略微有些發暈，甚至能感覺到銅柱在微微晃動。他試著朝下望了一眼，嚇得趕緊收回目光。

「如果有一次沒抓住的話，就會掉下去摔死吧。」一個遲來的可怕念頭攫住了哪吒的神經，他還不能深刻地理解死亡的意義，但與生俱來的恐懼促使他把扶手抓得更緊。他又勉強向上攀爬了幾級，淚水在這個孩子的眼眶裡匯聚。哪吒勉強控制著不讓自己哭出來，還想要繼續向上爬。可過度緊張讓肌肉酸疼不已，腳下的懸空讓恐懼更加強烈，他幾乎連退下去的勇氣都沒有了，身體搖搖欲墜。

哪吒咬緊牙關，再一次嘗試向上爬去。這次他盡量讓自己的腦子放空，不去多想，憑著不知哪裡來的力氣，一口氣爬上了十餘級，距離那間小屋更近了。他喘著粗氣，伸出手臂去抓下一個扶手，可手還沒抓牢，腳下突然踩空，身體驟然失去平衡，猛然朝下墜去。在墜落的過程中，哪吒回想起被孽龍追逐時的情景。這種感覺何其相似，都是在半空中朝地面墜去，連身體輕飄飄的感覺都差不多。

沒容他有更多想法，哪吒的身子猛然一頓，已然落地。可自己並沒有像想像中一樣四分五裂，反而覺得軟綿綿的，很舒服，似是落在一大團棉花上。他睜開眼睛，發現自己躺在一條巨龍的脊背上，龍兩側的青綠色鱗片都豎了起來，形成兩排圍欄，防止他滑下去。這條巨龍正浮在銅柱旁邊，龍尾處幾片火焰狀的尾鰭不斷搖擺，保持著懸浮狀態。遠處傳來巨龍們興奮的喝采，其中以雷公的聲音最大。

「甜筒？」哪吒認出了這條龍。

「笨蛋。」巨龍第一次開口說話。

「你終於肯對我說話了！」哪吒興奮地抓住一片鱗片，身子朝前傾去，想靠龍的腦袋再近一些。

「只是不想你給我們添麻煩。」巨龍把頭朝另外一側擺去，身體開始轉向。哪吒聽到鐵鏈嘩啦嘩啦的聲音，意識到甜筒是帶著鐵鏈從龍坑飛出來接住他的，這個動作很危險，很可能會打亂鐵鏈和齒輪的運行規律，搞得一團糟。

哪吒從甜筒的脊背爬到腦袋頂，雙手分別抓住那兩隻粗大的龍犄角，雙腿跨坐在龍頭頂一處肉乎乎的鼓包上。這裡既穩當，視野又好。巨龍發出不悅的噴鼻聲，但也沒阻止。「不要飛回去呀，你再飛得高一點，我就可以直接進到那間屋子裡把銅柱關掉了。」哪吒說。

「沒用的。」巨龍昂起頭，冷冷地瞥了一眼那間鎦金小屋，「那裡是長安地下龍的控制總樞紐，只有皇帝的玉璽才能開啟或關閉它，你爬進去也沒用。」哪吒在畫冊上見過皇帝玉璽的樣子，確實和小屋的鑰匙孔很匹配。

「那你們……豈不是沒辦法離開了？」

「本來也只是你多管閒事。」

甜筒擺動著身軀，朝著龍坑游去。它落地以後，忽然發現頭頂悄無聲息，而饕餮和雷公趴在一旁，幸災樂禍地看著它。甜筒低頭用喝水的銅盆照了照，才發現哪吒正在犄角之間，盤腿而坐，噘著嘴一動不動，神情忿忿。

「下來吧。」甜筒說。哪吒把臉別到一邊去，不理它。「快下來，不然我要晃腦袋了。」哪吒仍不為所動，嘴巴翹得能掛起一條鎖鏈。甜筒無奈地吹了吹氣，在饕餮和雷公催促的眼神下，勉強開口道：「謝謝你。」哪吒這才抬了抬下巴，得意揚揚地輕聲道：「不用謝。」

這時穹頂上掛著的幾口綠色青銅鐘在齒輪的帶動下響了起來，在這個地下空間裡發出恢宏的「鏗鏗」聲。這是地下龍系統再度開啟的信號。甜筒抬起脖子望了望，對哪吒道：「我們馬上就要上班了。你還是藏在鱗片裡，我把你帶出去。」哪吒也怕回家太晚媽媽會著急，不敢繼續發脾氣，趕緊和饕餮、雷公它們道別，然後鑽了進去。

在合攏鱗片前，甜筒說：「以後這種地方你還是不要來的好，你沒什麼能幫我們的。」它在說這句話的時候，眼神裡閃過一絲感激以及一絲憂傷。只可惜哪吒已經蜷縮進鱗片裡，沒有看到。甜筒龍鬚彈了一彈，朝著隧道入口飛去。

第四章

壺口大瀑布

哪吒的失蹤在將軍府引起了一陣騷動，一直到他平安返回，大家才鬆了一口氣。哪吒沒敢說自己跑到長安城地下和巨龍們玩耍了，只說自己迷了路。聞訊趕來的玉環公主連連自責，說都怪自己太疏忽，才會讓哪吒迷路。哪吒趁機向玉環公主提出一個要求：想坐沈哥哥的飛機出去玩。玉環公主先是拒絕，說乘坐飛機終究是一件危險的事情。哪吒拽住她的胳膊，耍賴般地懇求道：「如果玉環姐姐你陪著我，那就沒關係了嘛。」

哪吒不知道這句話到底是怎麼奏效的，他只知道，這麼說的話，玉環姐姐一定不會拒絕。果然不出他所料，玉環聽到後，先愣了一下，隨即爽快地答應了，還自言自語道：「沒錯，哪吒年紀還小，需要人陪，所以我才去的。」渾然沒發覺自己雙頰染了點紅暈。

第二天一早，沈文約早早地來到了將軍府，中氣十足地喊道：「快起床，小伙子，太陽要把屁股曬化嘍！」哪吒聽見呼喚，一骨碌從床上爬起來，刷牙洗臉，連飯都顧不得吃，揣了兩個饅頭，三步併作兩步跑到大門口。沈文約騎在一匹栗色的高頭大馬上，正神氣地等在門口。他今天身穿筆挺的淺紫色天策軍裝，頭上戴著飛行校尉的圓形頭盔，頭盔前額一羽孔雀翎高高飄起。不少路過的人都對這位年輕帥氣的校尉指指點點，其中以女子居多。沈文約大為得意，還衝她們拋了幾個媚眼，不動聲色地調整成更帥氣的姿勢。可他的耳朵突然一動，輕浮氣一下子收斂起來，一臉嚴肅地目視前方。

玉環公主騎著一匹白馬從街角慢慢轉了過來。她今天上身穿的是一件月白色短襖，腰間束了一條紅色絲帶，下面沒套裙子，而是穿了一條皮質長褲，褲管緊緊貼在兩條長腿上，看上去乾淨利落，英姿颯爽。

「公主早！」沈文約敬了個標準的軍禮，目不轉睛地盯著她。

玉環公主有點受不了他熾熱的眼神，連忙移開視線，板起臉：「我先說清楚，我是為了陪哪吒才來的。」

「明白！公主是為了保護哪吒，不是為了我！」沈文約鏗鏘有力地大聲回答。

玉環公主臉騰一下紅了，這個混蛋，怎麼可以這麼說話！她氣急敗壞地揚起馬鞭，作勢要抽沈文約。恰好哪吒從沈文約背後的馬鞍上探出頭來，她悻悻地放下鞭子，改用惱恨的口氣道：「這次不是執行作戰任務，是保護將軍兒子，所以你給我好好飛，不許做任何危險的事。」

「屬下一定將功贖罪！」

玉環公主雙眸一瞪：「油腔滑調！誰是你的上司？誰說你犯罪了？」沈文約這才露出慣常的神情，笑嘻嘻地說道：「公主請放心，有我在，一定護得你們周全——以天策府飛行第一名將的名義發誓！」

「哼，不要吹牛皮吹破了。」

「快走啦！」

坐在沈文約背後的哪吒催促著這兩個只顧說話的大人，他不明白，他們哪兒來的那麼多話。三人兩騎離開了將軍府，很快就跑出了長安城，來到了天策府設在長安西南郊區的飛行基地。這個基地建在一片開闊的平原之上，有兩條筆直的跑道，分別是東西向和南北向的。跑道兩側的停機坪上停滿了各式造型的飛機，時值旭日初昇，陽光照在這一排排鐵皮怪物的身上，泛起刺眼的金光，好似一大堆掛在綠色原野上的大唐金質勛章。基地中最醒目的建築是一座五層高的望樓，望樓上掛滿了各式旗語，其中最大的一面是天策府空軍的標誌——銜著牡丹的雄鷹。

哪吒以為自己起得夠早了，等到了基地才發現，這裡早已甦醒。穿著橙色制服的地勤人員和身披軟甲的飛行校尉們在停機坪上忙碌著、喊叫著，運送彈藥的牛車穿梭往來，信號旗忽起忽落，跑道上時不時就有一架飛機起降，在基地上空發出清脆的轟鳴聲。整個基地洋溢著一種躍動的活力。

「哪吒你看，那就是我們今天要坐的飛機。」沈文約伸直胳膊，指給哪吒看。哪吒循著他的手看去，看到在一處標著「甲貳」的停機坪上，正停著一架大飛機。這架飛機比上次沈文約開的武德型要大得多，機翼分成了三層，機身呈魚龍流線型，除了前排駕駛艙以外，還有一個並排雙座的後艙。機頭的金屬牡丹標誌擦得錚亮，雄鷹昂揚地望向天空。

「這是最新的貞觀型飛機，去年才編入天策府。它比舊型號的『武德』飛得更快、更高、更遠，三層機翼構造讓飛行更平穩，還能掛載更多引擎。貞觀型在左右機翼下各掛有兩個五萬轉的牛筋動力引擎，算上機頭的一個，一共五個，總轉量達到二十五萬轉……」沈文約滔滔不絕地說著。一提到飛機，他的眼睛就閃閃發亮，甚至連玉環公主都被忽略了。玉環公主不無嫉妒地看了一眼那架飛機，翻身下馬。哪吒也下了馬，仰起頭來注視著這架大傢伙，暗暗做著比較。它不如甜筒高大，造型也沒那麼流暢自然，像是一大堆鐵皮、木料和牛皮被粗暴地黏在了一起——不過跟心如死灰的甜筒相比，這一堆沒生命的機械反而能讓人感受到勃勃生機。

「大概是因為它可以自由地在天空飛翔吧。」這個想法讓哪吒心裡一陣難過。

幾個地勤崑崙奴正在搖動把手，一邊喊著號子，一邊把一圈圈烏黑的牛筋動力繩絞在飛機的動力箱裡。沈文約告訴哪吒，這些牛筋都是取自江南最好的水牛，擁有極強的韌性。飛機加動力的時候，地勤崑崙奴會先把盤成匝圈的牛筋從庫房搬到飛機旁，然後通過搖臂機械把它們絞緊在轉子上。飛行的時候，牛筋會釋放動能，帶動螺旋槳飛速旋轉。所以飛機的動力單位，都是用「轉」來表示的。

「貞觀型飛機一共可容納二十五萬轉。如果保持最經濟的時速的話，平均一里的距離要消耗五百轉，我考考你，這架飛機的最遠安全續航距離是多遠？」沈文約拍拍哪吒的小腦袋，這麼大的數字，對十歲的小孩子來說，算清楚可不是件容易的事情。哪吒掰了半天手指頭，才得出答案：「五百里！」沈文約哈哈大笑：「回程就不算啦？」哪吒臉一紅，他把這件事給忘了。玉環公主站出來替他打抱不平：「沈文約，你欺負一個十歲的孩子幹嘛？還不趕緊準備登機！」

沈文約正色道：「哪吒早晚是要加入空軍的，這些基本的常識越早熟悉越好。」

「李將軍公子的前途，什麼時候要你來做主了？」

沈文約把食指壓在鼻翼上，正色道：「我感覺得出來，這孩子和我一樣，地面對他來說太狹窄了，他天生就是要在天空飛翔的。」

這架編號為「天策—零貳陸」的飛機很快完成了動力加轉工作，沈文約坐進前艙，把護目鏡戴上，開始進行自檢。玉環公主和哪吒進入後艙。地勤人員仔細地為他們檢查了安全帶，還簡單地講解了一下降落傘的使用方法。很快，一切準備工作都完成了，「天策—零貳陸」被一輛牛車緩緩拉到跑道盡頭。沈文約把右手伸出機艙，比起大拇指。望樓上的信號旗獵獵升起，准許起飛。在沈文約的操作下，這架飛機在經過短暫的助跑之後，漂亮地從跑道上一躍而起，被五個螺旋槳產生的強大升力托起，筆直地飛向湛藍的天空。

哪吒把小臉貼在機艙玻璃上，幾乎壓扁了鼻子。他目睹了飛機起飛的全過程，心怦怦地跳著，一種說不清是緊張還是興奮的情緒從腎上腺分泌出來，流淌到全身每一處神經。沈文約說得沒錯，他天生就是要在天空飛翔的，那種躍升瞬間的失重感，比最好吃的零食還要美妙。在「天策—零貳陸」身後，還跟隨著四架「武德」。畢竟哪吒是李大將軍的兒子，天策府的總管尉遲敬德不敢冒險，以求萬全。

今天的天氣非常好，藍天上只有幾朵白雲，而且都躲得遠遠的，留出一片遼闊的空間給這些人類的造物。從這個高度俯瞰長安城，它就像一個碩大的棋盤，縱橫交錯的街道構成無數方塊，核心區域的皇城威嚴而莊重，而城北商業區像是下雨前的螞蟻窩，一隊隊螞蟻大小的黑影在忙碌著、簇擁著。

飛機再飛高一些，哪吒看到了長安城附近的翠綠農田、淺黃色的荒野以及一圈黑褐色的外郭，隱約還可以看到灞水上的那座大橋。即使是再會講故事的人和丹青畫手，也難以描摹這些景色的奇妙。「甜筒它們現在應該在城市下方的隧道裡忙碌吧？」哪吒心想，一陣遺憾。如果甜筒這時候能飛出來，該是件多麼讓人高興的事情啊。

「你想去哪裡看看？驪山？華山？還是想俯瞰一圈咸陽城？」沈文約在前面回過頭來嚷道。外面的風很大，他必須提高嗓門。

玉環公主對哪吒說：「華山很好，不過距離有點遠，驪山更有意思一些。」

哪吒毫不猶豫地脫口而出：「我想去壺口看看。」

「壺口？」玉環公主和沈文約都是一愣。

「是的，我想去壺口看看。」哪吒堅定地說。他早就做好了打算，這次央求大人開飛機出來玩，就是想趁機去看看甜筒、饕餮還有雷公它們變化的地方。

「壺口啊……」沈文約看向玉環公主，露出徵詢的眼神。壺口在黃河的秦晉大峽谷裡，位於長安的東北方向，倒是在飛機的續航範圍內。黃河鯉魚跳龍門就是在那裡，算是長安的一個重要資源點。

玉環公主猶豫了一下：「壺口現在安全嗎？」

「過幾天就是龍門節了。白雲觀和天策府都已經派人在布置，附近應該會很安全。我們又是在天上，問題不大。」沈文約回答。

玉環公主問哪吒為什麼想要去壺口，哪吒說想看看壺口大瀑布。他在書上查過，壺口那個地方叫秦晉大峽谷，河水至此被猛然收束，然後跌入下游河谷，特別壯觀。「好吧，不過只許遠遠地看一眼，不可以靠近降落。」玉環公主說。得到玉環公主的首肯，沈文約一推操縱桿，大嘯一聲：「走吧！來一場痛痛快快的飛行吧！」一根根牛筋啪啪地在動力箱裡翻彈，「天策—零貳陸」的螺旋槳轉速陡然提升，飛機輕盈地抖動機翼，在半空畫出一道複雜的軌跡，時而偏轉，時而翻滾，甚至還把機頭拉得高高的，幾乎和地面垂直。

玉環公主沒料到沈文約突然發瘋，嚇得大叫起來，兩隻手伸向前緊緊摟住沈文約的脖子。哪吒一點也不怕，反而興奮得不得了，昨天在地下積蓄的壓力，被這肆無忌憚的飛行一點點釋放出來。那幾架「武德」根本無法追上，可憐的飛行員們只得一臉羨慕地遠遠跟著。直到機艙裡的傳音鈴發出一陣怒吼般的響聲，沈文約這才恢復到正常的飛行航線。玉環公主驚魂未安，胸前起伏不定，她忽然發現自己把沈文約的脖子摟得特別緊，觸針般地鬆手，惱恨與羞澀同時浮現在嬌顏上。她生怕哪吒看出什麼，別過臉去，伸出手狠狠地在沈文約腰間掐了一把。沈文約疼得「嘶」了一聲，飛機連帶著微微一顫，飛行校尉臉上卻露出惡作劇得逞的陶醉神情。

沒過多久，這一隊觀光的機隊飛臨壺口上方。這裡已經有飛機在巡邏，巡邏機與沈文約用燈光簡單地交談了一下，擺動機翼打了個招呼，匆匆離開。飛機開始在壺口上方盤旋，高度逐漸下降。哪吒朝下面看去，首先映入眼簾的就是那壺口瀑布。只見一條黃綢腰帶般的黃河自西方蜿蜒至此，水流在這一段狹窄的河道裡匯聚成狂流，兩側的石岸讓這條水龍很不舒服，水龍不時掀起的滔天巨浪，好似龍族狂怒時豎起的鱗片。河道前方突然下降成一道九十度的河床懸崖，化身為水的巨獸前赴後繼地奔流而落，發出絕望的嘶吼，即使在高空也能聽到瀑布的嘩嘩聲。

哪吒注意到，在壺口瀑布的上空，橫亙著一道散發著淡淡祥光的華麗彩門。門楣上畫著龍鱗紋路，造型古樸，彩門周身雲靄繚繞，在瀑布上空形成的彩虹的映襯下，宛若仙界之物。「這就是傳說中的龍門。黃河裡的鯉魚每年就是要在這裡，逆著水流躍過龍門，化身成龍。」玉環公主給哪吒講解道。哪吒驚訝不已。壺口瀑布的落差相當大，這龍門的高度也不低。鯉魚身上又沒裝著牛筋動力和螺旋槳，要逆著這麼強烈的水流跳過去，確實極不容易。

「所以每年來這裡跳龍門的鯉魚有幾萬條，但只有最強壯、最聰明，還得足夠幸運的鯉魚才能變成龍——有人做過統計，平均每一千條鯉魚中，只有一條能躍過龍門。」

「原來甜筒、饕餮和雷公它們，變成龍之前都這麼辛苦啊……」哪吒心想，更覺得難過。它們在跳過龍門之前一定滿懷憧憬吧，付出這麼多努力，換來的卻是在地下隧道裡沒日沒夜地辛苦工作，實在是太可憐了。

「你看，在龍門兩側的岸上，白雲觀的道士們已經在搭建法陣了。」沈文約讓飛機稍微傾斜了一點，指著地上的幾處小黑點。那裡插著五顏六色的旗子，還有數座大香爐煙霧繚繞。道士們在來回奔走，一個個陰陽魚和八卦的圖案已經初具雛形，箝制住了壺口瀑布的兩岸以及上空。在更遠的地方，是一處簡易的冶煉場，高爐林立，熾熱的暗紅色鐵水在坩堝中沸騰，飄搖濃厚的黑煙像是誰用炭筆在天空上畫了一道。哪吒突然心中一緊，似乎看到了熟悉的東西。他再定睛一看，發現鐵匠們正在鑄造的，居然是一條條黑色的鐵鏈。這些鐵鏈的樣式與拴住甜筒的毫無二致。

玉環公主見哪吒看得仔細，就給他講解道：「他們是在為龍門節做準備。到了那一天，長安城的軍隊會把壺口圍起來。當鯉魚變成龍以後，先由白雲觀的道長們作法，把新龍約束在這個法陣裡，然後用鐵鏈將龍鎖起來，由軍隊押回長安城去接受訓練。」

「它們不會反抗嗎？」哪吒小心翼翼地問。

沈文約不以為然地拍了拍操縱桿，大聲道：「有天策府在，任何人或者任何東西都威脅不了長安。」他話音剛落，地面突然傳來一陣劇烈的震動，在天空的「天策─零貳陸」也被這震動波及，小小地顛簸了一下。

「怎麼回事？是地震了嗎？」玉環公主有些驚惶地問道。

「你們坐好！」沈文約輕鬆的表情消失了，他把護目鏡戴正，飛機朝著天空爬升而去，同時他按下一個按鈕，「咔嚓」一聲，機翼下的兩個副動力箱被遠遠地拋出去，整架「天策─零貳陸」登時一輕。玉環公主了解一點天策府空軍的作戰習慣，當一架飛機拋下副動力箱時，意味著飛行校尉即將面臨複雜的空中格鬥局面，需要減輕負載以獲得較好的機動性。「怎麼了？是遭遇敵人襲擊了嗎？」玉環公主連聲問道。

「馬上就知道了。」沈文約沉聲道，同時控制飛機在較高的高度進行盤旋。

地面上又是一陣震動傳來。哪吒和玉環公主在天空中驚駭地看到，似是有一隻無形的手在搖動著壺口瀑布，黃河兩岸的大地開始抖動。無論是冶煉場還是法陣，都被晃得東倒西歪。哪吒親眼看到一個坩堝倒在地上，鐵水流淌出來，把周圍堆積的鎖鏈燒熔。

「快看！」哪吒大喊。他看到一縷縷黑氣從壺口瀑布附近的山谷與丘陵裂隙中飄出來，匯聚成一條條孽龍。這些孽龍和襲擊哪吒的那條長度差不多，一出來就立刻四散開，向最近的人類發起襲擊。

玉環公主驚呆了：「是孽龍，而且還有這麼多！這是怎麼回事？」

「不知道，咱們得盡快離開壺口，萬一孽龍上天，可就麻煩了。」沈文約說道。

「我們不去救他們嗎？」哪吒問。

沈文約搖搖頭：「這架『天策－零貳陸』沒裝任何武器，何況還有你們在。不過你放心，白雲觀的道士們雖然討厭，但都不是廢物，他們還能撐一陣——玉環！」沈文約叫著玉環公主的名字，把機艙裡的傳音鈴遞給她：「馬上給天策府的尉遲大人發報，讓他們盡快通知李將軍，派遣援軍過來。」

玉環接過鈴鐺，手足無措：「這該怎麼用？」

「按三才韻部搖動，天是長搖，地是短搖，人是急搖。這個鈴跟天策府的警鐘是貫通的，我們一發報，那邊就能收到。」

「可是我沒用過三才韻部啊……」玉環委屈地說。她雖然喜歡跟當兵的混在一起，可並不代表她對軍隊那一套通訊手段很熟悉。

「我會這個！」哪吒舉起手，「父親教我背誦過這個。『天－天－地』是十四緝，『天－地－天－人』是第七個字，那就是『急』字，是這樣吧？」

「很好！」

沈文約表揚了一句，重新開始全神貫注地操縱飛機。哪吒深吸一口氣，把從前父親要求自己背誦的內容一一回想起來，再轉譯成傳音鈴的搖動方式，時快時慢地搖動起來。這時已經有孽龍注意到了這架飛機，晃晃悠悠地飛上天來，試圖接近。不是一條，而是三條。沈文約冷哼一聲，一踩推力板，來了個乾淨利落的小角度迴旋，堪堪避開兩條孽龍的襲擊，然後迎頭朝著第三條孽龍撞去。孽龍還沒來得及施展爪牙，「天策—零貳陸」的所有螺旋槳猛然加速轉動，在機頭形成一個劇烈的空氣漩渦，撕開了孽龍的霧狀身體，然後以極高的速度突圍而去，留下一道殘影。只是機艙內的成員不得不承受很大的壓力。玉環公主把哪吒摟在懷裡，頭低下去。哪吒雖然臉色煞白，手腕卻堅定不動，鈴鐺依然有節奏地響著。

沈文約精湛的技術為援軍爭取了時間，四架護航的「武德」終於趕了過來，毫不猶豫地擋在「天策—零貳陸」前面，連弩和符紙炮從機翼下接連不斷地噴射出去，在天空爆出一團團黑色的霧花。「兄弟們，辛苦了！」沈文約用燈光向他們道謝，然後在半空畫了一道弧線，迅速朝長安城飛去。與此同時，「壺口孽龍起，急！」的訊息經過哪吒之手，迅速傳回了天策府……

長安城的正中央是皇城的所在。在皇城西北角有一處偏殿，外觀平平無奇，既沒有鋪設精美的琉璃瓦，也沒有懸掛任何匾額，而且有一半殿身都埋在地下。但在熟知皇城內情的人眼中，這座宮殿代表了整個長安最高的意志。天子穿著金黃色的便袍，走進這座宮殿，身邊只有一名侍衛跟隨。他背著手，步子邁得不疾不徐，只有腰間繫著的那一枚玉璽晃動的幅度，才透露出他心緒中的一點點不平靜。他還是個年輕人，治理這個國家不過幾年，還沒有充分培養出天威，偶爾還會像普通人一樣流露出自己的情緒。

這座偏殿內別的什麼都沒有，只在中央供奉著一座玉石雕成的五爪金龍，雕像足有六丈高，幾乎碰到殿頂。天子走到玉龍身前，侍衛用手扳動玉龍的尾巴，傳來一陣「嘎吱嘎吱」的機關聲，然後玉龍的底座朝兩邊開啟，露出一個小小的房間。天子走進房間，侍衛掏出一半虎符，把它嵌在房間裡的另外一半虎符旁邊。當兩半虎符的裂縫完全彌合時，小門慢慢關閉，整個房間開始飛速地朝地下降去。房間內的一個銅製標尺從「零」刻度的位置不斷下降，一直到「參拾」才停住。房間的門再度開啟，出現在天子眼前的是一個半圓形的大空間。在空間的正面牆上掛的是一面碩大無朋的銅鏡，足有四層樓那麼高。銅鏡前是一個四層的大理石階梯平台，在前三層階梯上坐滿了穿著青袍的道士。這些道士面前都豎著一面小銅鏡，還有一個算盤和羅盤。他們一邊注視著銅鏡裡變化的數字與符籙，一邊急促地用算盤噼哩啪啦地計算或轉動羅盤，交談的聲音壓得很低，氣氛卻頗為緊張。

這裡是兵部秘府，長安城出現重大危機時，天子就會在這裡進行決策指揮。兵部秘府大概是整個長安城最安全的地方了，即使把庫房裡所有的轟天雷都投在皇城裡，這個地方也不會有任何損傷。天子出現的位置，是大理石階梯的頂層。這裡沒有任何擺設，只在外圍貼了一圈杏黃色的靜音符。平台上的設施只有一張桌子和四把石椅，其中三把已經坐上了人。座位上的三個人看到天子來了，紛紛起身叩拜。天子示意他們平身，然後坐在中央的石椅上，威嚴地掃視了一圈這三位臣子。整個長安城有資格在這裡出現的人，全都到齊了。掌管神武軍的李靖大將軍、掌管天策府的尉遲敬德將軍，以及鬚髮皆白的白雲觀清風道長，他們三個代表了禁軍、空軍以及道門這三股力量。整個長安城的安全，就是由這三根支柱支撐的。

「開始吧。」天子沒有客套，他看起來心思沉重。

清風道長看了一眼兩位同僚，拂塵一揮，那一面碩大的銅鏡慢慢泛起光亮，鏡中顯出了壺口瀑布的景象，整個秘府的人都看得一清二楚。在鏡中，壺口瀑布兩岸一片狼藉，搭建到一半的法陣幡桿被扯倒，銅鼎壓斷了香案，花花綠綠的掛符與小旗撒了一地；附近的冶煉場狀況更是悽慘，坩堝傾倒，高爐倒塌，灑了一地的鐵水凝結成了一塊古怪的鐵疙瘩，其中隱隱還能看到人形。一大批士兵正在現場埋頭清理著，天空不時有飛機飛過。

尉遲敬德報告道：「今天上午辰時三刻，天策府接到壺口空域巡邏機的通報，至少有五十條身長三丈以上的孽龍在壺口瀑布附近生成，襲擊了正在布設的法陣和冶煉場。半個時辰後，天策府的第一批三十架武德型戰機趕往現場，孽龍在午時前全部被消滅。天策府隨即將指揮權轉交給趕到現場的神武陸軍。」他一邊說著，鏡子裡一邊顯示出了一些數字和圖形，幫助直觀了解。

「傷亡呢？」天子問。

這時李靖開口了：「根據神武軍統計，地面共計有五名道長羽化，十三名冶煉工人殉職，兩架天策府戰機墜毀。」他停頓了一下，聲調稍微高了一些，「不過托陛下洪福，龍門法陣並沒有損傷。」天子沒有被這句恭維打動，他把目光投向清風道長。清風道長會意，一甩拂塵，那巨大的銅鏡上的畫面發生變換，龐雜的各色符籙按照特定規律飛舞，又重新組合起來，凝聚成一幅壺口瀑布的側剖圖。

「自我大唐在壺口瀑布舉行龍門節開始，每次捕到的新龍都會在現場留下一絲戾氣滲入地層。如果我們把每一條龍所遺留下來的戾氣稱為一業的話，那麼平均每造十五業，就足以形成一條孽龍，出來禍亂人間。」銅鏡裡的數縷黑氣隨著清風道長的講解，形成一條龍形，張牙舞爪。

「根據白雲觀歷代仙師的不懈觀測與研究，我們已經掌握了孽龍的形成規律。普通的孽龍，戾氣濃度很低，可以輕易消滅。但平均每過三十年，遺留在壺口瀑布附近的戾氣濃度會累積到一個臨界值，將會滋生出一條巨大的孽龍。大孽龍甦醒之前會伴隨著一系列徵兆，諸如地震，或者小孽龍頻繁現身，活動範圍擴大……」

「李將軍，你的家眷似乎也遭到過它們的襲擊？」天子忽然偏過頭問道。

「正是，有勞陛下掛心，所幸無恙。」李靖欠身回答。

「那是在長安南邊，孽龍都跑出去那麼遠了啊……」天子自言自語道。

清風道長繼續道：「當這些徵兆持續一段時間後，巨大的孽龍就會從地底甦醒。它是龍族的怨念所凝，所以本能會驅使它向長安城進發，不毀掉長安城誓不罷休。它一旦進入長安城，將會對城市造成極大的損害。」「可是……」年輕的天子指著銅鏡上的數字，「道長剛才說三十年，但上一次發生是在二十六年前；再上一次，是二十七年；再往前數，是二十八年。這是不是說，龍災的爆發頻率在逐漸增高？」

清風道長一怔，他沒想到天子會如此迅捷地抓住重點。他連忙拱手道：「陛下明鑒。三十年只是平均數，近幾次龍災的間隔時間確實在逐漸變短。」

「為什麼呢？」

「因為自陛下登基以來，國泰民安，風調雨順，人民安居樂業，以至城市中的市民數量越來越多，城市範圍也在慢慢擴大。地龍運力必須用到更多的龍，才能追上經濟發展的步伐。我們在龍門節的捕龍量每年都在增加，戾氣濃度自然也呈上升趨勢。」

天子聽完解說，微微露出不安之色。他登基才五年時間，還沒有經歷過龍災，人對未知的災難總會有種恐懼。「那該怎麼辦才好？」

李靖身子前傾，憂心忡忡：「以臣之見，不如暫時取消龍門節，或減少捕龍數量，以遏制戾氣上升。」

「不可！」清風道長眼睛一瞪，大聲反對，「龍數減少，地下龍勢必大受影響，運力不足，長安城必有大亂。」

「可龍災若是爆發，恐怕會有風險……」尉遲敬德插嘴道。

清風道長起身深深一揖，面向天子，語氣傲然：「自有長安城以來，這樣的龍災已經發生了數十次。不過每一次都被白雲觀成功驅散，長安城從未讓孽龍進入過一次。先帝在位之時，貧道有幸追隨先師參加了兩次長安防禦戰，親眼見我長安軍民眾志成城，人定可勝龍。陛下，要對長安有信心！」

李靖的眉毛擰在一起，他可沒有清風道長那麼樂觀。從他的角度來看，一打仗就會有傷亡，能有辦法消弭災難，盡量不動兵戈最好。他身為大將軍，求穩是第一位的。清風道長把視線轉向李靖，朗聲道：「每次龍災爆發時，孽龍的實力都差不多，但長安城的實力與日俱增。這些年來，白雲觀的研究從未停滯。無論陣法、符咒還是祭煉出的破邪法器，威力都比三十年前高出許多。李將軍、尉遲將軍，這麼多年來，你們神武陸軍的火器、天策空軍的戰機，在技術上不也取得了長足的進步嗎？養兵千日，難不成事到臨頭，連區區一條孽龍都收拾不了，還要長安城犧牲經濟來彌補你們的膽怯嗎？」面對清風道長的挑釁，李靖和尉遲敬德只能苦笑著閉上嘴。天子道：「那道長的意思是？」

「龍門節照常舉行。白雲觀會全力戒備，就算龍災提前爆發，貧道也有信心拒龍於城牆之外。」清風道長信心十足地揮了一下拂塵。李靖和尉遲敬德沒辦法，一併起身，向天子保證神武陸軍和天策空軍也會全力配合。三位長安城的支柱都做出了保證，天子的情緒逐漸安定下來。他勉勵了幾句，然後起身離開。

臨走之前，天子瞥了一眼大銅鏡，不知為何，他總覺得鏡中幻化出的那條大孽龍正別有深意地盯著他，這讓這位九五之尊不太舒服。

第五章

巨龍的憤怒與火氣

哪吒覺得父親最近有心事。

平時父親總是很忙，但每次回家，第一件事一定是把哪吒叫到跟前，要嘛檢查功課，要嘛詢問近況。雖然父親的態度有些生硬和笨拙，但哪吒知道那是關心的表現。但最近幾天，哪吒看到父親進門以後誰都不理睬，總是陰沉著臉走進書房，把門關緊，不知在裡面做什麼。而且家裡的訪客數量大增，不分白天黑夜，不停地有人來拜訪李靖，一談就是一個多時辰。哪吒經常一覺醒來，看到書房仍舊點著蠟燭。

整個大將軍府的空氣都因此變得沉重起來，僕人們放輕腳步，生怕弄出大響動惹怒主人，門裡門外衛兵的表情也僵硬了不少。哪吒覺得十分沒趣。可是他現在根本出不去。自從在壺口瀑布遇險以後，大將軍下了禁足令，不讓哪吒外出，尤其是不許他再到長安城外去。這可把哪吒悶壞了。家裡這麼狹窄，哪裡有長安城那麼好玩；而長安城再大，也沒有天空那麼開闊。他已經享受過飛行的樂趣，心已經野了，再把他關起來，讓他痛苦萬分。可這次別說玉環姐姐，就連沈大哥都不幫他，他們都讓他安心在家裡唸書。哪吒百無聊賴地翻了幾頁圖畫書，又去逗了逗水缸裡的烏龜，把幾張白紙疊成飛機扔出二樓的窗外，飛機掉到了院子的花叢裡。這些遊戲本來都是他的愛好，現在卻覺索然無味，哪吒滿腦子都是飛行，這些小打小鬧只會讓他感覺更加空虛。

「真想去找甜筒、饕餮、雷公它們玩啊。」哪吒趴在窗口，看著熙熙攘攘的街頭，開始想念地下的中央大齒輪柱。比起人類來，那些龍可愛多了。想到柱子，他忽然回想起了那次危險的攀爬，那可真是一次驚險的旅程，若不是甜筒及時搭救，恐怕他已經摔死了。下次再有機會爬的話，哪吒覺得可以在腰間拴根繩子，這樣就安全多了。

繩子？攀爬？一個念頭突然出現在哪吒的腦海中。他去花匠的儲藏室裡找出一捆繩子，說要用來玩遊戲，然後把自己房間的門關上，誰也不許進來。哪吒把繩子的一端繫在床腳，然後身子掛在窗外，抓住繩子一步步地往下滑——這是從一本講風塵三俠的圖畫書裡學來的——他很快就有驚無險地落到了地面，沒人覺察。

哪吒從家裡溜出來後，直接跑去附近的利人市地下龍站，他已經打定了主意，從這裡隨便攀爬上一條龍，讓它把自己帶去中央大齒輪柱，就能見到它們了。可哪吒走到地下龍站時，看到牌樓下的入口被三條黃色的綢帶封住了，幾名士兵站在門口，不讓人進去。最奇怪的是，站口附近居然支起了一張香案，案上插著十幾根細細的香，都點燃了，裊裊的香煙在牌樓附近升騰。一個和尚捻動著佛珠，喃喃唸著經文。一群老頭老太太聚在香案旁邊，手做祈禱狀。

「這是怎麼了？地下龍停運了嗎？」哪吒問旁邊一個賣燒餅的大人。那個燒餅販子看到發問的是個小孩子，摸摸他的頭，和藹地說：「小朋友可別問那麼多，不是你該知道的事。」哪吒哪裡肯放棄，纏著他問。這個大叔脾氣不錯，被哪吒纏得沒辦法了，只好告訴他，這是地下龍升天了。

「升天？是說地下龍會飛了嗎？」哪吒問。

大叔撓撓頭：「所以說小孩子不應該知道嘛……升天，升天就是去世了、過去了……呃，就是死了。」他一口氣說出好幾個代稱。

「龍也會死？」哪吒一下呆住了。

「龍當然會死啦，和人是一樣的。」大叔撇撇嘴，到底是個小孩子，居然會有這麼天真的想法。他指了指站口的牌樓：「如果有龍在地下龍站裡死掉的話，站點就要暫時關閉，等到龍屍被處理完，才會繼續運行。你看，那邊還有和尚來做法事呢，免得龍死以後怨念不散在附近作祟……咦？」他說完這句話一低頭，發現哪吒已經不見了。大叔搖搖頭，心想，現在的小孩子實在太沒禮貌了，然後繼續揉麵團。

牌樓附近的垃圾箱後面有一處不起眼的導流渠，它的功能是在下雨時防止雨水倒灌入地下龍站內。這個導流渠是根竹製的長水管，從地下龍站裡接出來，通往地面。洞口的大小勉強可以通過一個小孩子。哪吒此時正全身趴在水管裡，扭動著身體向深處爬。這裡太過狹窄，他施展不開手臂，只能用雙肘和膝蓋蠕動。有時內槽沒刮乾淨的竹刺會扎到他的身體，但他顧不上疼，咬著牙一刻不停地前進。

哪吒的心裡慌亂不已。他雖然知道概率很低，但仍忍不住去想那條死掉的龍會不會是甜筒。他年紀還小，但死亡這個概念他還是明白的。甜筒那種枯槁的目光、不願進食的虛弱身體，都讓哪吒有著強烈的不祥的預感。他很快就爬到了水管的盡頭，然後毫不猶豫地跳下去。哪吒落地以後發現，這個位置位於地下龍站台的內凹側面，恰好可以看到地下龍站內的動靜。

哪吒悄悄探起頭，看到一具巨大的龍軀填滿了整條隧道，它身上的鱗片暗淡無光，四隻爪子無力地蜷縮在腹部，一直搖擺的龍鬚也耷拉在長吻兩側，全無活力。一群草綠色服飾的工作人員正在龍屍周圍忙碌，用許多粗大的灰繩把它綁起來，它看起來好似落入了蜘蛛的巢穴。哪吒鬆了一口氣，這個顯然不是甜筒。甜筒的鱗片要比它的長，紋路也不相同。這些細微的差別別人也許看不出來，但哪吒一眼就可以分辨出來。不過他的心情並沒有好轉，那條去世的巨龍緊閉著雙眼，嘴巴痛苦地咧開一半，看起來死前相當痛苦。它的龍皮發皺而鬆弛，脖頸污漬斑斑，像一個蒼老而疲憊的人類老者。如果有一天甜筒也變成這樣該怎麼辦？哪吒想。

這時候，地下龍站的工作人員拽起繩子，一邊喊著號子一邊往一個方向拽去。龍屍太大了，即使幾十個人用力，也只能挪動一小段路，給隧道騰出一點點空間，不過有這點空間也就夠了。工作人員吹了幾聲哨子，很快從隧道的另外一個方向傳來龍嘯，然後哪吒看到一條龍尾緩緩伸入站台。原來這條龍是倒著進入隧道的，龍尾正好對準死龍的龍頭。工作人員七手八腳地把捆縛龍屍的繩子捋成十幾束粗大的牽引索，再把牽引索拴在這條龍的尾巴上。

哪吒一下明白了，他們是打算讓那條龍把龍屍拖走。這麼重的屍體，除了龍以外確實沒人能拖動。他忽然注意到，那條龍尾上有幾片鱗甲是圓形的，聚在一起好似一朵梅花。哪吒想起來了，這條龍他那天應該見過，他還給它起了一個名字叫梅花斑。哪吒悄悄從藏身之處跑出來，此時大家都把注意力放在龍尾上，沒人發現這裡有個小孩子。他弓著腰，屏住呼吸鑽進隧道，跑到龍頭的位置，輕輕喊了一聲「梅花斑」。聽到哪吒的聲音，梅花斑的眼睛轉動了一下，龍鬚輕輕擺了擺，認出了這個給自己起名字的小傢伙。

「你怎麼跑到這裡來了？」梅花斑問。他們在用龍語交談，普通人是聽不到的。

「你帶我去中央大齒輪柱吧，我想去看看大家。」哪吒說，然後舉起一個大袋子，「我帶了好多好吃的！」

梅花斑遲疑了一下：「呃，我無所謂，不過我得先把這具屍體拖走，才能回去。」

「它是你的朋友嗎？」哪吒低聲問。

「我不認識。不過聽說是個老傢伙，已經在這裡待了十多年了。」梅花斑的聲音裡無喜無悲，彷彿這事跟它毫無關係。只有十多年壽命嗎？哪吒心想，但沒有繼續問下去，他掀開梅花斑的一片鱗甲，藏身其中，心情變得好沉重。在黑暗和狹窄中度過十多年的疲勞生涯，最終的結局卻是死亡，這就是龍的一生嗎？

很快，站台裡的牽引索都接好了，梅花斑昂起頭，發出一聲長嘯，奮力向前，那具龍屍的鱗片與地面摩擦發出尖厲的聲響，兩條龍一前一後緩緩駛出站台，工作人員發出歡呼。梅花斑拖著屍身在隧道裡緩慢地飛行著，不時轉彎。它走的不是平常的載客路線，哪吒感覺隧道是微微朝下傾斜的，說明他們一直在向地下飛。大約飛了半個時辰，哪吒陡然覺得身體一輕，他偷偷從鱗片裡探出頭去，結果嚇了一跳。

他們正在一處空洞的正上方飛翔。這個洞穴和中央大齒輪柱的空間很相似，但沒那麼大，也沒那麼多精密的機器設備，就是一個普通的岩石洞窟，洞壁上鑲嵌的夜明珠很少。在洞穴的底部，是一片白森森的龍骨叢林。這叢林是由龍的骸骨堆積而成的，狹長的脊骨高挑而起，掛滿枯黃的趾爪，一排排灌木般的嶙峋肋骨倒立朝天，關節扭曲成團。叢林深處隱藏著無數碩大的巨龍頭骨，它們的下頷或開或合，漆黑空洞的眼窩裡閃著磷火。這一片骨堆層疊厚實，一望盈野，不知要多少龍屍才能達到這樣的規模。

哪吒聞到洞穴裡有一股濃濃的屍腐味，讓他暈頭轉向，忍不住摀住了鼻子。梅花斑似乎也不喜歡這裡，它飛快地掠過洞穴上空，用尖利的後爪割斷牽引索。那具老龍的屍體失去支撐，從半空掉落下去，「嘩啦」一聲砸在龍骨堆中，引發了一連串骨塔的坍塌。梅花斑完成這個動作後，頭也不回地朝出口飛去。哪吒問它這是什麼地方，梅花斑說這叫龍屍坑，每次龍死以後，都會被丟棄在這個坑裡。

「沒有墓地和墓碑？只是像垃圾一樣堆在一起？」哪吒驚訝地瞪大眼睛。

「不然還能如何？」梅花斑奇怪地反問。

哪吒摀住鼻子再次低頭望去，那具龍屍一動不動地躺在坑底，擺出一個滑稽的姿勢。過不了多久，它的血肉就會全部腐爛，只剩下一截截骸骨，和周圍的骨林融為一體。即使死後，它也沒有機會一睹陽光，更沒有機會飛翔。不知為何，哪吒的淚水一下子奪眶而出。

梅花斑離開龍屍坑後，把哪吒帶回了中央大齒輪柱。那些正在休息的龍看到哪吒來了，都很興奮。饕餮像小狗一樣拼命去聞他手裡的零食口袋，哪吒不得不多給它吃了一塊甜玉米。哪吒把零食發完後，走到甜筒跟前。甜筒還是那副老樣子，趴在自己的坑裡打瞌睡。它聽到哪吒走過來，簡單地擺動一下龍鬚：「我不是跟你說了不要再來這裡嗎？」哪吒沒回答，一屁股坐到甜筒身旁，垂著頭悶悶不樂。這個反應有點出乎甜筒的意料，它本來不想搭理他，可看到這小男孩一臉鬱悶，它無奈地噴了口氣，把脖子伸過去問道：「你怎麼啦？」哪吒遂將在龍屍坑看到的情景跟甜筒說了，問它去過沒有。甜筒淡然道：「龍屍坑我去過幾次，運過幾次同伴的屍體，那個地方的屍臭味道太重了，我不喜歡。」

「那地方多可怕啊！」哪吒激動地說，「看不到天空，也沒有陽光，周圍除了骨頭什麼都沒有。你們生前在地下隧道裡飛行，死後也要在這樣的地方待著嗎？」

「都死了，還想那麼多幹嘛？」甜筒昂起頭，掃視那群爭搶零食的龍，「我們都有被人拖走的一天，這裡的每一條龍，最終的歸宿都是那裡——沒有例外。」

「你們甚至連墓碑都沒有。」

「要墓碑有什麼用？在遇到你之前，我們甚至連名字都沒有。」甜筒抬起爪子，碰了碰哪吒的小腦袋。

「一次天空都沒有飛上去過，這樣實在是太可憐了……」哪吒喃喃道。他第一次來的時候只是對這些龍懷有同情，這一次卻已能感受到那種深不見底的絕望。

「在這種絕境裡，若不讓自己死心的話，希望越大，思考越多，越是一種折磨。你拿零食給它們，給它們起名字，都是很殘忍的，現在你明白了嗎？」

甜筒平靜而嚴肅地望著哪吒，他還是個小孩子，它不確定他能否真的理解這番話。

哪吒注視著甜筒，眼神很困惑，終於沒有繼續這個話題，這讓甜筒鬆了一口氣。它略帶歉疚地把身子俯下，下巴貼到地面上：「來吧，坐上來，帶你去空中轉一轉。」哪吒順著脖子爬上龍頭，輕車熟路地在兩個犄角之間找到鼓包，一屁股坐下去。甜筒身軀一振，緩緩升空。雖然這裡的地穴空間有限，甜筒的尾巴還被鎖鏈拴住，但做一些小範圍的騰挪還是可以的。

中央大柱的齒輪依然「嘎吱嘎吱」地轉動著，巨龍帶著少年在半空拘謹地飛翔。其他的巨龍都識趣地避開他們的路線，免得鎖鏈糾纏在一起。哪吒抓住犄角，用臉貼在甜筒略帶腥味的冰涼鱗片上，輕聲道：「其實，那天我去壺口瀑布試著飛了一次。」

「哦。」

「可惜不是騎龍，我坐的是飛機。」然後哪吒開始講他那天在壺口瀑布飛行的事情，看到什麼樣的鳥，吹著什麼味道的風，陽光從什麼角度照射下來，給白雲鑲出什麼樣的金邊，甚至突然升空時的微微反胃，他把每一個小細節都津津有味地描述出來。甜筒聽著聽著，猛然醒悟到，哪吒這麼細緻地描述，是想讓它也體會到在天空飛翔的感覺。大概在小孩子看來，只要把香甜的感覺描繪出來，就相當於吃到了奶糖。聽著哪吒在頭頂笨拙而努力地找著形容詞，甜筒微微露出笑意，讓身軀飛得更加平穩。但下一個瞬間，它的身軀猛然歪斜了一下，差點把哪吒摔下去，因為一個可怕的詞從小孩子的嘴裡脫口而出。

「孽龍？」甜筒淺黃色的龍眉一皺。

「是啊，我們碰到了好幾條孽龍，差點沒回來……」哪吒興奮地用手指比畫著。

「詳細說給我聽聽。」於是哪吒把事情一五一十地講了一遍。甜筒一邊聽，一邊盤旋著落回到大坑裡。等到哪吒跳回地面，甜筒嚴肅地告訴他：「你最近不要來這裡了，也不要離開長安城。」

「為什麼？」

甜筒長長地呼出一口氣，似乎下了個重大的決心。它抬起前爪，用尖利的指甲指了指自己下巴往下三尺的一道凹陷疤痕：「你看到這裡沒有？」哪吒點點頭，他當然看到了。當初他不小心把糖漿塗抹在這道疤痕上，所以才認識了甜筒。「在我們龍族，這裡的鱗片叫作逆鱗，巨龍的憤怒與火氣都儲存於此。誰膽敢觸動的話，就會引發巨龍震怒，不死不休。」

「可是這裡明明沒有鱗片啊？」哪吒問道。

「在這裡的每一條龍都沒有逆鱗。我們在壺口瀑布變成龍以後，立刻被長安守軍捉住。在喪失自由的那一瞬間，每一條龍都會本能地摳出下頜的逆鱗，遠遠地拋開。這些逆鱗承載著我們最深沉的怒意與仇恨，化為沒有靈智、只有怨恨的存在。」

「你是說……」

「沒錯。那些孽龍都是我們的逆鱗所化。」甜筒的聲音變得深沉而幽遠，充滿憂傷，「越是對未來絕望的龍，摳下去的逆鱗就越是凶殘。你在龍屍坑也看到了，這麼多年來，有多少龍埋骨於此，這麼多怨憤的逆鱗環繞著長安城，遲早會匯聚出大孽龍，釀成大災。」

哪吒嚇得面色慘白，他不甘心地提醒道：「長安城有我爸爸在守護，還有沈大哥他們，一定不會有事的！」

「我知道人類有很多辦法可以克制孽龍。但大孽龍和普通孽龍完全是兩種不同的東西，它是由純粹的殺意和憤怒構成的，蘊藏的力量可以讓天地翻覆。一旦大孽龍出現，就是長安城的一場浩劫……」甜筒還沒說完，整個洞穴突然微微震動起來。所有的巨龍不約而同地昂起頭，看向上空。儘管厚厚的岩層遮蔽了所有的視線，但巨龍們的眼神表明它們看到了什麼。震動在逐漸變強，有細微的沙塵從穹頂掉落，橫貫半空的鐵鏈劇烈地抖動起來，整個空間只有中央大齒輪柱不為所動，依然固執地轉動著碩大的齒輪，試圖用嗡嗡聲蓋過震動。

震動持續了好一會兒才平息下來，整個洞穴恢復了安靜。可在吞過龍珠的哪吒耳中，聽到的是一陣劇烈的喧囂。巨龍們似乎找到了共同話題，用人類聽不見的語言紛紛叫嚷起來。有的龍興奮地發出嘯聲，有的龍喋喋不休、一臉憂慮，還有的龍脾氣變得暴躁，甚至與同伴互相撕咬，更多的龍則讓軀體懸浮在半空，鱗爪飛揚，一副亢奮的模樣。

「這到底是怎麼回事？它們是聽到什麼聲音了嗎？」哪吒問道。包括饕餮和雷公在內的巨龍們陷入了奇怪的狂熱，像是發狂的公牛在街上狂奔，充滿了侵略性和危險性。這和哪吒熟悉的巨龍不太一樣。

「我感覺到了，我們都感覺到了。」甜筒保持著昂立的姿勢，神情嚴肅，「我們在遠方的逆鱗在沸騰，在叫喊，在顫動，它們前所未有地活躍起來。剛才那場地震絕非偶然，那是逆鱗傳給我們的消息。」

「什麼消息？」

甜筒轉動巨大的黃玉色龍眼，居高臨下地俯視著哪吒小小的身軀：「大孽龍即將形成，長安城要陷入大麻煩了。」

此時的秘府裡一片忙亂，黃銅製成的地動儀顯示剛剛在壺口發生了一場新的地震。操作台的道士們忙碌成一片，他們施展著法力從各種法器中讀取數據，然後再互相傳遞。整個府邸閃耀著五顏六色的光芒，充滿活力。清風道長、李靖和尉遲敬德已經趕到秘府，隨後天子也過來了。他們四個剛剛落座，面前的大銅鏡就亮了起來。在銅鏡裡，一條黑漆漆的孽龍正在壺口瀑布上空盤旋，菱形鱗片如同墨甲一樣密密麻麻地排列周身。它的軀體凝實厚重，比之前那些孽龍的煙狀形體更加清晰，通體漆黑，只有一雙眼睛是血紅色的。這個變化，讓所有人心一沉。

「艮位，發現孽龍一條，長度二十八丈，目標……長安城！」台下道士撥弄著羅盤，報出最新匯總的情況。

「濃度呢？」清風道長問道。

「正在計算……」道士滿頭是汗，來自五六個同僚的算盤飛快地匯總到他手裡。他疾速撥動算盤，大聲報出了匯總的數據。

「三百業！」一直到報完數字，道士才驚訝地瞪大了眼睛，被自己的計算結果嚇到了。三百業？這是什麼概念，之前的那些孽龍可是只有十幾業而已。

「驗算！」清風道長鎮定地下達了指令。

不同的計算小組先後驗算了五遍，所有的結果都一樣。事實很清楚了，這是一條前所未有的可怕孽龍。清風道長向天子一拱手：「事態緊急，請陛下准許出動白雲觀劍修。」天子還沒做出決斷，李靖卻開口道：「劍修是長安城最後的倚仗，不到萬不得已，不可輕動。」清風道長目光一凜：「李將軍的意思，如今還沒到萬不得已之時？」李靖迎向他的目光，生硬地答道：「天策空軍和神武陸軍已經做了萬全的準備，他們有信心摧毀一切入侵之敵。」

李靖不喜歡清風道長。自從天子登基以來，白雲觀從戶部獲得了大量撥款，清風開始用各種手段來強調白雲觀的存在感，不斷推出新的法器和道術，不斷研發新的符籙，甚至開始編列專屬的劍修，把白雲觀從一個普通的道家門派變成一支強勢的軍隊，與天策、神武鼎足而立。他一直懷疑，這次龍災很可能是清風誇大其詞，想以此來獲得更多預算和更大的影響力。所以他必須站出來，阻止清風的如意算盤。他必須讓天子明白，誰才是長安城真正的守護者。

清風道長注視李靖良久，最終還是選擇了退讓。他雙手一拱：「那麼城外就交給將軍了。」他謙遜地後退了一步，不再堅持。聽他的口氣，似乎要接管長安城內的治安。李靖順利拿到反擊權，心情很好，這些小事就無所謂了。既然李靖和清風達成了共識，那麼天子也沒有什麼異議。於是，李靖站起身來，在指揮台上抓起一個傳音鈴。他的手指肥厚粗大，小小的銅製傳音鈴捏在這隻大手裡，感覺隨時會被捏得粉碎。李靖清了清嗓子，把鈴鐺湊到嘴邊，簡單地說了兩個字：「攻擊。」大將軍的命令，瞬間通過傳音鈴傳到了壺口瀑布附近的每一支部隊。神武軍在上次孽龍襲擊後就嚴陣以待。聽到命令後，他們開始有條不紊地進入戰位，調校炮口。在陣地頭頂，幾十架塗著牡丹與鷹的天策府戰機呼嘯而過，掀起強烈的氣流。

沈文約位於飛行編隊的第一位。這次他開的仍是貞觀型飛機，和上次搭載哪吒的是同一款。不過上次是觀光，飛機上沒有配備武器，這次卻大不相同。在兩側的機翼底下，分別掛著三個長方形的箱子，裡面裝滿了轟天雷和硃砂電符，讓這架飛機變成一個可怕的殺手。如果需要的話，它可以輕而易舉地擊潰一艘戰船。機艙內的傳音鈴突然響起，帶動一支炭筆在畫著方格的圓形宣紙上畫出一道黑黑的軌跡。

「兄弟們，上吧！」沈文約摘下護目鏡，興奮地一推操縱桿，對僚機做了一個豎起大拇指的手勢。整個編隊的前半部分齊刷刷地拋下副轉子，開始加速；後半部分分成兩路，向左右迂迴前進。天策府的雄鷹已經展開翅膀，在他們前方十五里遠的地方，黑色孽龍正氣勢洶洶地撲來……

中央大齒輪柱附近的騷亂愈演愈烈，巨龍們被外部的變化驚擾得煩躁不堪，紛紛發出低吼，還不停地猛踏地面。雖然它們被鐵鏈拴住，不可能真惹出什麼亂子，但幾百條龍同時做一個動作，這場景著實有些驚人。甜筒憂慮地看了看四周，對哪吒說：「現在這裡有點不安全，我把你送出去吧。」哪吒這次沒有拒絕，事實上他有點被嚇到了。當初襲擊自己的孽龍已經很可怕了，現在居然還會有更大的孽龍出現，這該是件多麼可怕的事情啊。

哪吒跨上甜筒，甜筒迅速浮空，避開喧鬧的龍群，朝著穹頂附近的一個出口飛去。鐵鏈在它的拉扯下發出「嘎吱嘎吱」的聲音。牽動的鐵鏈啟動了一個小齒輪，齒輪飛快地轉動，帶動一系列精密槓桿。槓桿在動力的催動下往復運動，很快形成一個信號：新一班地龍進入運行狀態。這個信號被自動送去與時刻表對比，兩邊的齒輪速率不同，這說明出現了時間差異。中央大齒輪柱按照預先設定的規程，先提示了相關的站點，同時給長安地下龍監控室發去一個報備的機械信號。這沒什麼特別的，畢竟龍不是機械，早一點晚一點都是在可控範圍內的。

哪吒對這些複雜的變化渾然不覺，他抓住甜筒的犄角，看著越來越遠的地面，擔心地問道：「你不會被逆鱗影響到嗎？」甜筒注視著前方的隧道，簡單地答道：「逆鱗代表了不甘心，而我已不抱任何希望。」這個回答讓氣氛冷下來，哪吒一下子又想到了龍屍坑。他心裡很難過，卻不知該說什麼好，只好不停地摩挲著甜筒頭頂的凸起。他們鑽進隧道，四周完全黑了下來。甜筒輕車熟路地朝前飛去，身軀和周圍狹窄的通道牆壁保持著微妙的距離，不遠不近，這說明甜筒的飛行技術十分高超。哪吒默不作聲，不知在想些什麼。

甜筒決定在抵達的第一個站點把哪吒放下，盡快讓他回到家裡去。它飛了大概一炷香的工夫，前方已能隱隱看到燈光。接下來的事情很簡單，它開始減速，並將下頜微微收起，好使頭顱在穿過隧道口時下沉，身軀恰好鑲嵌進站台旁的軌道。這種動作它做了不知多少次了，絕不會出錯。可甜筒很快發現有些不對勁，站台那邊人影閃動，一股濃烈的殺意湧了過來。龍族特有的直覺提醒它危險臨近，可狹窄的隧道讓它根本無法做出反應。只聽到一陣輕微的金屬撞擊聲，數支弩箭迎面飛來。甜筒的第一反應是偏過頭去，用額頭擋住了哪吒。

「嗖！嗖！嗖！」三支巨大的弩箭毫不留情地射入了甜筒的身軀，它疼得大叫起來，整個身子都在劇烈扭動。可災難仍未結束，從站台方向又射過來五串符紙。這些符紙都是杏黃色的，被一根桃木穿成一串。它們一接觸到甜筒的皮膚，甜筒立刻感到一陣麻痺，飛行的身子隨之一滯。緊接著一張金針大網迎頭罩過來，正套在甜筒腦袋上，網一罩上去就自動勒緊，網上的細針刺入龍鱗的縫隙，甜筒發出痛苦的嗥叫。巨大的慣性讓甜筒繼續朝站台衝去。這時候它總算看清楚了，站台上的是一群穿著道袍的道士。這些道士戴著水晶護目鏡，青巾裹住面部，圍成一個半圓。他們的手裡拿著各式法器和弩箭，殺氣騰騰地盯著這條受傷的巨龍。在更遠處，地下龍站的工作人員與乘客被隔離在一個角落裡，驚恐地朝這邊望過來。

甜筒大為憤怒，它要昂頭反抗。正在這時，插在身軀上的那些小符紙發出金黃色的光芒，侵入它的肌體，瘋狂地吸取它的力量。甜筒見勢不妙，猛然張開嘴，拼盡全力吼出一聲龍嘯。龍嘯在地下龍站內化為巨大的衝擊波，霎時飛沙走石，好幾個道士被撞飛到半空，發出慘叫。可這也是甜筒最後的力量了。它的逆鱗已失，身體狀況很差，此時又驟受重傷，實力發揮不出十分之一。剩下的道士立刻毫不留情地開火，數不清的弩箭和符紙狂瀉而出，還伴隨著吟唱法咒的聲波。

甜筒在隧道裡無法閃避，只能硬生生地苦撐著，弩箭刺處，龍血四濺，而那些符紙看似柔和無害，實際上對它體內造成的傷害更大。甜筒實在挨不住了，它奮力擺動脖子，用碩大的頭顱朝站台邊緣撞去。道士們迅速閃開，龍頭「轟」的一聲將月台上的一根大理石柱撞毀，整個站點都晃了晃。這時一陣寒風劃過甜筒的背脊，它還沒來得及分辨是什麼，就感覺自己的背脊被什麼人踏了上去，緊接著一件鋒利的金屬物切入血肉，劇痛難忍。身旁的道士們停止了攻擊，發出一陣歡呼。

跳到甜筒脊背上的是一名身材高大的道士，他用雙手握著一柄又長又大的青刃寶劍。寶劍的前半截已經沒入甜筒的身體，傷口處有龍血涔涔流出。他抓著劍柄用力一旋，一道青色的光順著劍身導入甜筒的身體裡，沿著血管與神經霎時擴散到全身。甜筒全身劇顫，有血從眼睛、鼻孔和嘴角流淌出來，它發出一聲悲鳴，跌落在地，一動不動。道士把劍從龍身上拔出來，然後扯下遮擋面部的青巾，擦拭劍身上的鮮血。他的臉棱角分明，犀利如刃，眼神卻很平靜，似乎剛才這一番爭鬥根本不算什麼。周圍的道士一擁而上，又給甜筒的身軀上加了數十道定身符，還刺穿了它的肋骨，用鐵鏈鉤住四肢。

「不愧是白雲觀的劍修啊，對付巨龍也只用一招就夠了。」道士們一邊忙碌一邊竊竊私語，敬畏地朝那邊看去。持劍道士從龍軀上走下來，身體立得筆直。四周的封鎖終於解禁，地下龍站的站長一臉諂媚地走了過來，恭敬地朝那名劍修道：「明月道長，辛苦你了。」他本來正在調度室裡喝茶，結果這些道士突然闖進來，說有一條龍未按規定時間運行，要實施戒嚴。說實話，他到現在都認為是小題大作，他很熟悉這些龍，它們都非常溫馴，遲些進站早些進站，都屬於正常狀況。剛才那條龍明明是在做一個進站的標準動作，不可能發狂，道士們不由分說，劈頭就打，實在有些武斷。不過白雲觀的勢力太大，一個小站長也沒什麼勇氣去反抗。

面對站長的問候，明月道長淡淡地道：「大孽龍即將甦醒，這些地下龍一定會發狂作亂。家師早預料到了這一切，所以讓白雲觀接管了城防，吩咐我密切監控地下龍站的動靜，一有異常，立即誅殺。」

「殺得好，殺得好。」地下龍站的站長擦擦額頭的汗，隨口附和道。

「它還沒死呢。」明月掃了一眼甜筒，繼續道，「龍的生命力很強，它只是重傷昏迷，性命還在。請你立刻調幾條龍過來，把它拖走。家師吩咐過，留著它還有用。」

站長有些痛惜地看了一眼甜筒。他做了好多年站長，對每一條龍都很熟悉，龍就這麼死掉，實在是太可惜了。不過明月冷漠的眼神讓他渾身一顫，他也不敢多留。他正要離開，忽然聽到一陣小孩子的哭聲。包括明月在內的道士們紛紛抬起頭，四處尋找，看到巨龍脖頸處的一片鱗甲突然自行掀開，從裡面掉出一個人類的小孩子。他掉在地上以後，抬頭看了眼身旁的巨龍，放聲大哭起來。

這個變故讓在場的人都大吃一驚，一時間沒人敢靠近。明月眼神一凜，走上前去，雙手把小孩子抱起，回頭對周圍大聲道：「這惡龍不僅發狂，還要吞噬孩童。此等孽畜，絕不姑息！」他這麼一說，周圍一片嘩然，這下子連附近的乘客都群情激憤起來。

居然要捉人類的小孩子來吃，這樣的惡龍實在是太可怕了。所有圍觀者都開始一邊倒地支持道士們的這種整肅行動，紛紛痛斥惡龍。明月很滿意這幾句話的效果，他感覺懷裡的孩子在拼命掙扎，還在大喊著「不是不是不是」。他用力一抱，擠得那孩子說不出話來，只有眼淚嘩嘩地往外流。乘客中的女性看到他害怕成這樣，都開始抹眼角，覺得這孩子太可憐了，小小年紀就險遭惡龍吞噬。

這些人裡，只有站長將信將疑，他明明看見那孩子是從鱗甲裡掉出來的，與其說是巨龍打算吃掉他，倒不如說巨龍一直在拼命保護他不被道士們打中。可是他搓了搓手，終究沒敢把疑問說出來。站長注視著哪吒，忽然生出一種熟悉的感覺。「這不是李大將軍家的公子嗎？」站長一下子想起來了。之前，玉環公主曾經帶李將軍家的公子來過利人市驛。玉環公主叮囑說不得聲張，要暗中保護，所以他沒靠近，但在調度室裡一直盯到兩人順利乘龍離開。

明月聽站長這麼一說，眉頭一皺，立刻讓身旁的人去聯絡一下。過不多時，從月台上方傳來一陣急促的腳步聲，一位女性惶恐地尖叫：「哪吒！」只見玉環公主驚慌地衝下台階，花容失色。她顧不得矜持，雙手提起長裙，幾步跑到明月身前，一把將哪吒搶過來摟在懷裡。哪吒一看是她，抓住她的手臂哭泣起來，還指向巨龍匍匐的位置，嘴裡喃喃地道：「他們殺了它，他們殺了它。」玉環公主摸著他的頭，讓他平靜下來，還惡狠狠地瞪了一眼巨龍，對這個險些害死大將軍之子的兇徒充滿了怨恨。

看來這孩子果然是李靖的兒子。明月對這個巧合頗覺意外，隨即臉上浮起微笑。這一切真是恰到好處。

第六章

劍修七星陣

沈文約不記得自己是第幾次起飛了。他因戰機耗盡動力而返航了數次，中間只在返回基地補充彈藥和動力時，他才趁機吃了兩口饅頭，喝了一口泉水，隨即重新投入戰場。即使像他這麼精力充沛的人也感覺到了疲憊。他的同僚們更是早已精疲力竭。可目前戰場上的局勢，實在不容這些飛行王牌有絲毫鬆懈。

神武陸軍、天策空軍和大孽龍之間的戰鬥已經持續了六個時辰，整個壺口瀑布上空的雲彩都被螺旋槳、龍嘯和不計其數的高射符彈、弩箭攪得粉碎，化成片片破爛棉絮，彰顯著戰況的激烈。天策空軍開始還遵循傳統戰法，先在遠處用彈、弩與雷、符交替攻擊，再靠近用螺旋槳強行攪散霧狀身軀。但這一條濃度達到三百業的孽龍實在是太強大了，身軀凝實如固體，除了龍嘯和嘴爪以外，還會噴吐霧焰進行遠程攻擊。這讓空軍猝不及防，損失慘重。幸虧當時在一線指揮的沈文約及時進行調整，否則天策空軍很可能陷入全軍覆沒的境地。

沈文約與孽龍周旋時發現，只有攻擊它身體上的特定部位，才能讓它做出痛苦的反應，產生阻滯效果。經過空軍機師們奮不顧身的攻擊測試，他們發現只有攻擊孽龍胸前一處非常小的區域，才能產生這種效果。可孽龍飛行時雙爪會護在胸前，而且姿態不斷變化，幾乎不可能精確瞄準。對此，李靖和尉遲敬德只能採取一種戰術：全點覆蓋。神武陸軍和天策空軍將傾盡全力對孽龍的身軀進行轟擊，用高密度攻擊來拼概率。哪怕只有百分之一的命中概率，十萬支弩箭也能命中一千次。於是在接下來的戰鬥中，雙方形成了僵持局勢。長安守軍不計成本的打擊讓孽龍無法前進，但長安守軍的疲勞度和消耗程度也直線上升。這種攻擊手段效率非常低，卻是唯一有效的辦法。

沈文約一擺操縱桿，「貞觀」靈巧地一抖翅膀，堪堪避過孽龍的一次噴吐。它噴出來的是一種強腐蝕性的霧滴，會讓纏繞的牛筋失去動力，還會讓駕駛員窒息。這是天策府付出十幾架飛機和七名飛行員的代價才學到的常識。沈文約周圍的僚機也紛紛躲閃，孽龍周圍的空域暫時變得空曠起來。它擺動身軀，憤怒地吼叫一聲，正打算朝著長安城飛去，不料沈文約在天空畫了一道弧線，以一個極小的角度從孽龍的右側方呼嘯而過，機翼幾乎能擦到孽龍長長的龍吻。

孽龍被這個膽大妄為的傢伙惹得大怒，伸出爪子虛空一揮，一道旋風追著沈文約的飛機而去。沈文約連忙抬升高度，卻一下子因為迎角過大而造成失速，整個機身開始劇烈抖動。孽龍擺動著尾巴迎上去，張開大嘴要把這隻該死的蒼蠅咬碎——但這其實是一個精心設置的陷阱，當孽龍即將靠近之時，沈文約一推桿，飛機很快恢復升力，反壓著孽龍的頭頂逆飛而過。孽龍撲了一空，習慣性地伸爪去抓，卻把自己的胸膛朝地面暴露出來。神武軍不失時機地猛烈開火。地面上十幾個陣地的弩砲兵、弓箭兵和大彈弓高射組一刻不停地發射著弩箭，飛舞的符紙遮蔽了半個天空。一時間孽龍周身被黑影與黃紙團團圍住，整個視野裡全是爆裂的符紙碎屑與犀利長箭，絢麗無比。這是陸軍與空軍的分工。空軍無法攜帶太多武備，他們的職責是引導孽龍的姿態，引誘它向下袒露胸膛，好讓陸軍的密集打擊可以對準其要害，提升命中率。

沈文約沉著地盤旋在孽龍身旁，仔細地觀察這一次全點打擊的效果。他注意到，至少有五張五雷正法符和兩張三昧真火符擊中了孽龍的胸膛。在被擊中的一瞬間，孽龍整個動作微微停滯了一下，甚至飛行高度都下降了數尺。他舉起望遠鏡，發現一支粗大的弩箭居然突破了龍鱗甲的防護，插在了它的胸口，半截箭桿露在外頭。

這是一個好現象，在長安守軍不計成本的打擊下，孽龍的要害部位已經先後被擊中了上百次，現在它終於顯出了疲態。沈文約得出這個結論後，立刻用傳音鈴向附近所有僚機和後方的尉遲敬德發送，建議繼續貫徹戰術，直到孽龍的核心崩潰為止。長安守軍終於看到一絲勝利的曙光，他們現在需要的只是耐心。他剛把消息發送完，孽龍就已經搖頭擺尾地撲向剛才襲擊它的地面陣地。沈文約透過艙窗，看到孽龍大嘴一張，一股黑霧噴薄而出。無法移動的神武軍砲兵們連慘叫的機會都沒有，整個陣地瞬間就被抹平了。

「混蛋……」沈文約一拳砸在儀錶盤上，充滿了憤怒和哀傷。可是他心裡明白，再怎麼憤怒，也只能慢慢地與孽龍周旋，慢慢地消磨它可怕的負能量，絕不能衝動。這時候，他忽然覺得眼前一花，七團耀眼的光芒在頭頂突兀地亮起來……

天子和三位長官在秘府中一直沒有離開，他們通過大銅鏡一直密切關注著戰局。當銅鏡裡顯示孽龍把神武軍的一個砲兵陣地徹底毀滅以後，一直保持沉默的天子終於忍不住開口了。「李將軍，到底還要付出多少代價，才能幹掉孽龍？」天子的聲音很平靜，可這個問題本身就足以讓膽小的人為之顫抖。不過，李靖剛毅的面容沒有絲毫改變，心志硬逾鋼鐵，他回答道：「陛下，戰爭必然會有犧牲。」

「可是犧牲應該有個限度，我軍已經快到極限了吧？」天子有些不滿。之前持續了半天的狂轟濫炸，幾乎把庫存彈藥消耗一空，就算兵工坊全力生產，也得花上好長時間才能補回來。

這時清風道長搶先一步道：「事實證明，光靠天策軍和神武軍，不足以抵擋孽龍。」李靖盯著這位仙風道骨的道長，看來他是鐵了心要擴大自己的影響力。這時尉遲敬德收到一張小字條，他看了一眼，連忙遞給李靖。李靖眉頭一展，立刻說道：「陛下，前線指揮官報告，我們的攻擊已經產生了很好的效果。只要貫徹戰術，再有兩個時辰，便可以將其徹底消滅。」「兩個時辰？兩個時辰還會出現多少死者？還會損失多少技術兵器？」清風道長追問，看上去他根本不相信李靖的說辭，認為他只是在拖延時間。兩人正在爭論，這時候銅鏡的光亮突然增強了數倍，把所有人的注意力都吸引了過去。他們看到，在沈文約的飛機上空，七名青袍道士負手站在各自的飛劍上，拼成北斗七星的站位，衣角飄飛，說不出地瀟灑傲然。他們冰冷的目光凝視著空中的惡龍，透著凜凜殺意。

「白雲觀的劍修！」尉遲敬德驚叫道。

李靖一看到這七個身影，便勃然大怒，捏緊了拳頭瞪向清風：「未經許可，白雲觀怎可向前線派兵？」

清風道長一本正經地回答：「派兵？李將軍你誤會了，他們是我數天之前就安排在壺口瀑布的，為了守護龍門法陣。」他袖子一揮，亮出一本值班名錄，證明自己所言非虛。

「你根本就是趁我們剛取得戰果，想來摘桃子！」李靖大吼。

「孽龍當前，何分你我？只要能盡快擊退邪魔，讓長安早日恢復安全，誰出手又有什麼分別？」清風道長說得特別誠懇，他看了眼天子，又補充了一句，「若是神武軍與天策軍占盡優勢，貧道自然袖手旁觀；可如今圍攻已逾六個時辰，寸功未立，師勞兵疲，若我白雲觀劍修不出手襄助，讓大孽龍突破防線進入長安肆虐，這個責任誰來負？」這句話讓天子微微動容。清風道長雙手揖天，一臉正氣：「貧道寧負貪功冒進之名，也不願有一點風險加於長安城上。」

李靖突然意識到自己上當了。這個狡猾的老狐狸早就設好了圈套，他當初故作謙讓，讓李靖和尉遲敬德頂在前頭，就是打算利用孽龍消耗神武、天策二軍的實力。等到兩敗俱傷之時，早就埋伏在附近的劍修便以支援為名出手，來個名利雙收。而看天子的表情，恐怕不會再給沈文約兩個時辰的時間了。李靖不甘心地後退了兩步，知道現在不可能扭轉天子的心意。清風道長藉機上前，大聲傳令道：「劍修七星陣，誅！」

大銅鏡裡，白雲觀的劍修已經出手，七道流星般耀眼的光芒在天空劃過，撲向張牙舞爪的孽龍。七柄鋒銳無比的仙劍，在一瞬間就刺破了孽龍的胸膛。孽龍痛苦地怒吼一聲，搖擺著身軀要去扯碎這些混蛋。這七道光芒倏然分開，各自占據北斗七星的位置，往復遊走，很快便用仙劍畫出來的銀色軌跡把孽龍緊緊鎖住。北斗那奇妙的星座威力，開始在壺口上空瀰漫。

沈文約目瞪口呆地看著這一幕，差點忘了操作飛機避開。他正想問問到底是怎麼回事，地面卻搶先發來消息，讓所有飛機立刻返航。「可我們很快就要勝了呀？現在撤退，豈不是讓白雲觀那些傢伙占了便宜？」沈文約大為不滿。「指揮權已經移交到白雲觀了。」地面回答。沈文約是個聰明人，立刻隱約猜測出上頭的鬥爭。軍人以服從命令為天職，他只得悻悻地掉轉機頭，朝著基地飛去。在離開作戰空域之前，沈文約回頭望了一眼，看到半空中劍光四射，吼聲大起，那七名劍修正跟大孽龍鬥了個旗鼓相當。這些劍修是白雲觀花了好長時間培養出來的，果然不令人失望。和依靠機械力量的神武、天策二軍不同，白雲觀主攻的方向是神秘的法術修行。

「誅殺！」隨著七人斷喝，七柄仙劍再度出手，將孽龍一舉斬為八段。劍修們趁機雙手結印，玄奧的咒語從嘴唇流瀉而出，化成一段段金色符籙，朝孽龍的軀體上印去。他們面露痛苦，渾身都在微微顫抖，可見這個咒語對他們的身體來說也是極大的負擔。只要能制住這條孽龍，這些代價都是值得的。支離破碎的殘軀被烙上金色符籙以後，孽龍變得軟弱無力。劍修們再度馭使仙劍，刺向孽龍的胸膛。這一次，一片烏黑的鱗片從它的軀體裡破胸而出，試圖逃脫。劍修們團團圍住，升起三昧真火將它困在其中。熊熊燃燒的紅色火焰讓鱗片發出淒厲的喊叫，鱗片邊緣開始發焦、捲曲，然後化為滴滴熔水，被一絲絲汽化。

「陛下，這鱗片便是大孽龍的核心所在，如今為三昧真火所困，遲早會被淨化。貧道可以判定，這一次的龍災已消，長安可高枕無憂。」清風道長喜氣洋洋地向天子匯報。天子暗自鬆了一口氣，做了個讚賞的手勢：「很好，很好。你們白雲觀果然沒辜負朕的信任。」

聽到天子開了金口，兵部秘府裡響起一陣欣喜的讚嘆聲，所有的人都如釋重負。他們不會去考慮戰鬥的細節，他們只看到眼前所看到的：這條孽龍的戰鬥力驚人，集合天策、神武二軍都無法動搖，而白雲觀的仙師們甫一出手，便將其制住。兩相比較，果然還是後者更讓人放心——別說其他人，就連天子都這麼想，這讓李靖和尉遲敬德臉色鐵青。他們肅立在歡騰的人群中，好似兩個小丑。天策、神武赫赫軍威，卻給搶功的白雲觀做了墊腳石。可他們能說什麼呢？龍災消弭，這對長安畢竟是一件好事。劍修的表現讓人無話可說，可以想見，在未來的日子裡，朝廷對白雲觀的投入會上升到一個可怕的比例。兩人無奈地對視一眼，同時嘆了口氣。

與此同時，在長安城的利人市驛內，玉環公主懷裡哭泣的哪吒抬起頭來，說出了一句令人費解的話：「玉環姐姐，甜筒說，這只是開始，真正的大孽龍，還未完全甦醒呢。」

第七章

跟巨龍交朋友

皇城地下的兵部秘府裡，此時正洋溢著一派歡樂的氣氛。大孽龍已經消失，壓在人們心頭的陰霾被勝利吹散。操作台前不止一個道士伸起懶腰，打了個長長的呵欠，每個人都露出如釋重負的表情——除了李靖和尉遲敬德。

清風道長依然是一副淡然的姿態，端坐在原地，寵辱不驚。反而是天子表現出好奇的神色，不住地追問白雲觀劍修的情況。李靖坐在一旁，面沉如水。天策、神武兩府與白雲觀的鬥爭由來已久，它們代表的是兩種不同的發展思路。兩府相信機械的力量，信奉效率與規模，而白雲觀更強調傳承與個人修為，秉承精而少的原則。同樣的資源，兩府會造出幾百架飛機和大砲，而白雲觀會花上十幾年來培養七個天才劍修。李靖執掌兩府以來，成功地說服朝廷傾向於機械論，白雲觀一直被壓製成戰場上的輔助角色。看來清風道長隱忍已久，暗中籌劃，到今天才果斷出手，一舉扭轉了天子對白雲觀的印象。接下來，恐怕大唐的軍備預算又要發生變化了。

李靖和尉遲敬德對視一眼，都在對方眼中看到了無奈。這時明月匆匆走進指揮室，俯身對清風道長說了幾句話。清風道長白眉抖了一抖，揮袖讓他退下，然後向李靖一拱手：「大將軍，剛得到的消息，我的弟子在長安城地龍驛內救下一名孩童，名叫哪吒，據稱是大將軍家的公子。」李靖眉頭一皺：「怎麼回事？」清風道長道：「據報是一條地龍受孽龍影響，精神失控，在地龍驛裡挾公子到處流竄，幸虧我徒明月路過，及時出手相救。現在那條瘋龍已被制服，公子無恙。」

「哪吒為什麼會跑到地龍驛裡去？」李靖問。

清風道長微微一笑：「此大將軍家事，非貧道所能回答。」他的話外音很明白，這是家教問題。李靖氣得臉色發青，卻無處發洩。天子打趣道：「我記得你家公子是初到長安吧？大概是沒見過地龍，覺得好奇，所以自己鑽進去了吧？以後可得小心點，那些地龍可沒想像中溫馴。」李靖無可奈何，只得謝天子關懷之恩。清風道長瞥了一眼李靖，徐徐地捋了下鬍鬚，眉宇之間現出一絲憂色：「陛下，在與孽龍戰鬥期間，我徒明月巡視了長安城地龍系統，發現許多龍都躁動不安，被孽龍邪氣侵擾。這些都是隱患，不可不防。這次只是大將軍的公子被挾持，下次說不定就是群龍暴起……」他的聲音漸低，語氣卻嚴厲起來。天子聽了，沉吟不語。清風道長給他勾勒了一個可怕的畫面。那條孽龍的威力給他留下了深刻印象，如果地龍驛裡的龍都變成那副模樣，只怕整個長安城會有一場極大的劫難，這是他絕對不願意見到的。

「依道長的意見，該如何處置？」天子開口問。他自己恐怕都沒注意到，他直接選擇了向清風發問，而不是詢問三位長官該如何處置。這個潛意識的小小變化，讓在場的另外兩人如同服食了一大碗黃連。

清風早就等著天子發問，他不慌不忙地做了個手勢：「大換龍。」

「大換龍？」

「如今地下龍系統裡的龍恐怕已被孽龍的氣息侵染，精神不穩，每一條都是定時炸彈。貧道建議提前舉辦龍門節，增加捕獲量，以新龍替換舊龍，對地下龍進行一次徹底的更換，可保長安無虞。」

「可是，增加捕獲量不會產生更多的業嗎？」天子並沒忘記孽龍形成的原理。捉的龍越多，業就會積累得越快。

「大孽龍剛剛被消滅，未來二十年內絕對不會形成新的大孽龍。至於二十年後，陛下可以放心，我們白雲觀只會比現在更強。」

李靖和尉遲敬德同時嘆了口氣。清風道長這個建議，可謂圖窮匕見，藉助長安地下龍大換龍的機會，一口氣擴充白雲觀的實力，在未來國策中占據有利地位。兩府辛苦一場，卻給白雲觀做了嫁衣。可是他們一句反駁的話也說不出來，那樣只會惹惱這位年輕的天子。天子對清風道長的意見很感興趣，又問了幾個細節，然後大袖一揮：「這事就交給你去辦吧。」然後他想了想，又補充了一句：「和李將軍、尉遲將軍商議一下。」三個人躬身應和。

「對了，那條失控的龍，你們打算如何處置？」天子問。

「明正典刑，以安人心。」清風道長回答。李靖的面部肌肉抖動了一下，清風這是要敲釘轉腳，把換龍這件事的氣勢做足。

玉環從大將軍府出來，長長地嘆了一口氣。哪吒這孩子，回家以後一直在哭，淚流滿面，嘴裡還念叨著「甜筒甜筒」什麼的。她還以為是饞嘴，可買來甜筒給他以後，哪吒一看，哭得更厲害了。李家的人包括哪吒媽媽都以為他是被嚇壞了，只有玉環知道不是那麼回事。她雖然跟這個孩子接觸不多，但知道他不是那種膽小如鼠的小傢伙。那種哭法更像是失去了一位最親密的朋友。

玉環走在大街上，附近的鼓樓上傳來不緊不慢的鼓聲，二長一短。這是「警報解除」的意思。長安城一百多個坊市，每一個坊中都有一座鼓樓，當位於皇城的大鼓樓發出信號以後，會由近及遠迅速傳遞到諸樓，讓平安的鼓聲像漣漪一樣擴散到長安城的每個角落。行人聽到鼓聲，都放緩了腳步，露出如釋重負的神色。玉環也鬆了一口氣，以她的身分，比普通人了解的多一些，知道長安此前面臨著什麼樣的危機。現在平安鼓響起，說明孽龍已經被消滅。玉環對打仗什麼的沒興趣，她只要長安城的人們都平平安安的就夠了。

「他應該已經平安歸來了吧？」玉環心想，同時仰望天空。這個念頭讓她自己嚇了一跳：我怎麼會去擔心那個傢伙？玉環面色微微變紅，腳步也變得有些凌亂。她給自己找了一個答案：那個膽大妄為的混蛋，一定連陰曹地府都不肯收留。有時間去探望一下他也好，不過可不能對他太好，不然那傢伙一定會得寸進尺。玉環暗暗盤算著，向前走去，腳步變得輕快起來。她走到街口，遠遠地看到地龍驛的大紅牌坊。此時已近黃昏，西逝的酡紅色陽光透過晚霞散射下來，把牌坊上的二龍戲珠造型映襯得栩栩如生，隨著光線移動，邊緣泛起柔光，彷彿活了一般。

突然，玉環秀麗的面容上浮現出一絲沒來由的惶恐。她想起哪吒在地龍驛裡曾經說過的話：「真正的大孽龍，還未完全甦醒呢。」她開始以為那是他過於恐懼的囈語，現在一看到那牌坊上二龍戲珠的造型，心中卻是一悸。玉環試圖驅走這絲不祥的感覺，卻徒勞無功。她蹙眉閉嘴，一手掩住胸口，用手扶著旁邊的牆壁喘息了一陣，才略微恢復些精神。她再度抬起頭，決定去坐一次地龍，也許親眼看到巨龍正常運行以後，這絲惶恐就會消失。

玉環走進地龍驛，裡面人流如織，運轉如舊。周圍的乘客議論紛紛，說著今天的城防危機。他們對孽龍的事多有猜測，但沒人特別擔心。玉環注意到，在售票口豎著一塊大木板，上面畫著長安地龍驛的分布圖，每一站都釘著一根釘子，上頭掛著小木牌，或是「行」，或是「停」，明月擒獲失控巨龍的那一站，牌子已經從「停」翻到了「行」，說明已經恢復了運營狀態。她買了張票，坐到那一站。一下月台，她就看到站長正在指揮工作人員擦地板，工匠們在叮叮噹噹修補著設施。為數不多的乘客三五成群地簇擁在一起，竊竊私語，講著剛剛發生的八卦。玉環順著他們指指點點的方向看去，軌道上還殘留著淡淡的血跡。

「哎，公主你好。」站長沒想到玉環又來了，連忙放下拖布，向她作揖。玉環抬起下巴：「我過來看看善後工作。」

「挺好，挺好。您看，剩下的就是些小修補，白雲觀的道長們也都撤走了。」站長搓著手，胖胖的臉上露出討好的笑容，「哎，李公子還好吧？」

「身體沒事，就是一直哭，估計是被巨龍嚇得吧。被巨龍咬著走了那麼遠，換了哪個小孩子都會嚇哭的。」玉環環顧四周，隨後答道。

站長聽到這句話，神色卻變了變，手搓得更快了：「怎麼說呢……有件事，其實……呃……其實也沒什麼……唉。」玉環看他吞吞吐吐，鳳眼一瞪：「什麼事？說。」

站長把她引到月台盡頭，離人群遠一點，然後說道：「其實我覺得，這是個誤會。」

「誤會？」

站長擦擦額頭的汗水，顯得特別緊張：「我在地龍驛工作已經有好多年了，這裡的每一條龍我都很熟悉。以我對它們的了解，幾乎不可能有傷人的事件發生，所以我想一定有誤會。」一提到龍，站長的眼神變得溫柔起來，就像是在談論自己的孩子。

「明月道長不是說了嗎？這條巨龍是受到孽龍侵染，所以才狂性大發。」

「怎麼說呢，我目睹了整個過程，那條龍進站的時候，一點發狂的樣子也沒有，當道長們開始發起攻擊的時候，它的反應是把頭盤迴去。它這麼做，明顯是為了擋住藏在鱗甲裡的李公子。所以我覺得，它是在保護李公子……」站長挺直了胸膛，嘴唇微微發顫。說出這種公然與白雲觀作對的話，需要消耗他不少的勇氣。

「這條龍是按照正常時刻表運轉的嗎？」

「不，這是異常狀態。所以中央控制塔發來一個信號，提示各個站點。白雲觀的道長們就是注意到這個異常，才在地龍驛裡伏擊的。」

玉環的眼神一凜，讓他繼續說。於是站長把他看到的情景詳細地描述了一遍。玉環越聽越心驚，如果站長沒撒謊的話，那麼這件事就非常蹊蹺。聽起來巨龍不是兇手，而是保護哪吒的好朋友？玉環想到哪吒哭泣的面孔，難道他居然跟巨龍交了朋友？這聽起來可真荒謬。一個是人，一個是獸，怎麼可能？他們甚至無法溝通。但只有這個答案，才能完美地解釋在這裡發生的一切。

「真正的大孽龍，還未完全甦醒呢。」

若哪吒真的有了一個巨龍朋友，那麼這句話可就值得玩味了。玉環一想到這裡，立時毛骨悚然，這不是什麼囈語，甚至不是預言，而是一句客觀描述。玉環知道這如果是真的，對長安城來說將是滅頂之災。

「道長們已經把它拖走了，不知道會怎麼處置。」站長嗟嘆不已，眼神裡充滿同情。

「拖去哪裡了？」玉環問。

「自然是白雲觀。」

玉環匆匆告別站長，返回大將軍府。她顧不得跟李家的人解釋去而復返的原因，直奔哪吒的房間。哪吒躺在床上，正悶悶不樂。玉環「砰」地推開房門，雙手抓住哪吒的胳膊道：「哪吒，你一直在說的甜筒，是你朋友的名字？」在哪吒的印象裡，玉環姐姐一直很溫柔優雅，從來沒像現在這樣急躁粗魯，他一時有些不知所措。直到玉環問了第二遍，他才點頭稱是。

「甜筒，就是那條龍？」

「是的。」

「它告訴你，真正的大孽龍還沒甦醒？」

哪吒聽到這個問題，又哭了起來：「是的。玉環姐姐，請你救救甜筒。它從來沒有要傷害我，它只是想救我。」「那你要把事情原原本本地告訴我，姐姐才能幫你。」玉環看著他的眼睛。哪吒乖巧地點點頭，把在中央控制塔的冒險講給她聽。玉環聽完以後，冷汗涔涔，不由得敲了哪吒的腦門一記：「你這個孩子，實在是太胡鬧了，簡直就和某人一樣。」哪吒可憐巴巴地拽著玉環的手：「玉環姐姐，我們能去救甜筒了嗎？它現在一定很害怕。」

玉環在屋子裡來回踱著步子，煩躁不已。這件事不光牽連到哪吒，而且有可能對整個長安城產生重大影響。她陡然停下腳步，無可奈何地點了點自己的太陽穴：「我可真是笨蛋。這種大事，我和哪吒急起來又有什麼用？這裡是大將軍府，當然要去找大將軍。」想到這裡，她叮囑了哪吒幾句，推門離開，想去找李靖。大將軍府很大，玉環在走廊之間匆忙地走著，就在快要接近大將軍府的客廳時，迎面突然出現一個人影。兩個人相對而行，行色匆匆，走廊裡又沒有掌燈，一下子就撞到一起。

隨著一聲驚呼，玉環嬌柔的身軀被撞得朝後面倒去，然後一個堅實的臂彎及時摟住了她的脖子。一股男子的濃郁氣息撲鼻而來，讓她渾身一顫。玉環睜開眼，發現險些撞倒自己的男人居然是沈文約。她不由得又羞又惱，怒氣沖沖地掙脫他的懷抱，想要呵斥這個魯莽無禮的混蛋。可是訓斥的話到嘴邊，玉環卻一下子怔住了。眼前的沈文約，和平時那個玩世不恭的浪子不太一樣。他的臉色疲憊而暗淡，雙眼卻射出憤懣的怒火。頭髮凌亂不堪，軍裝骯髒，前襟與袖肩有許多道裂口，脖子上的白圍巾已經變成了灰色，還帶著斑斑血跡和一股濃烈的硝煙味道。

「你……有沒有受傷？」玉環脫口問道。

「還好。」沈文約的嗓子有些沙啞。他的嘴唇乾裂，臉膛發黑，這是長時間在空中飛行的症狀。今天他足足飛了二十次，已經超過了天策府規定的飛行員的每日飛行極限。玉環一陣心疼，想要用袖子去幫他擦擦額頭的煙跡，卻不防被沈文約一下抓住手。玉環心慌意亂，想要把手抽出來，沈文約卻沉聲道：「玉環，你幫幫我。」

「嗯？」玉環停止了掙扎。

「幫我再去問問大將軍，兄弟們難道就這麼白死了？」戰鬥結束以後，沈文約從壺口直接返回了基地。他連水都顧不得喝一口，直奔大將軍府。沈文約心裡的憤怒無以復加，他想要當面問問大將軍，那七個白雲觀的劍修到底是怎麼回事？天策、神武二府的兄弟們浴血奮戰了大半天，為什麼白雲觀會突然冒出來搶走勝利的果實？難道他們的努力和犧牲全都白費了嗎？可是李靖沒有回答，他下令讓沈文約休假，而且下達了極其嚴厲的命令，禁止沈文約跑去白雲觀搗亂。沈文約氣不過，頂撞了幾句，結果被趕了出來。「四十多個天策的兄弟，還有神武的戰友們。昨天我們還在一起喝酒，一起看胡姬跳旋舞，今天他們再也沒回來。軍人的宿命就是犧牲，可是這麼白白送死，我無法接受……」沈文約像一個老人一樣慢慢蹲下，背靠廊柱自言自語，眼窩裡沒有淚水，卻盛滿悲傷和疲憊。

玉環望著這個曾經意氣風發的男子，心中忽然生出一個念頭。這念頭實在有些離經叛道，讓她自己都為之震驚。但玉環咬了咬嘴唇，第一次把循規蹈矩拋到了一邊。「沈校尉，如果我現在要求你去白雲觀，你會去嗎？」

沈文約驚訝地抬起頭來：「你在說什麼？」

「我要你協助我進入白雲觀，去找一條龍。」玉環美目灼灼。哪吒關於孽龍的預言，玉環目前只是做出了一個推測，沒有證據。這件事關乎整個長安城的安危，如果只拿推測去找李大將軍，對方一定不肯相信。唯一的辦法只有去找那條叫甜筒的龍，拿到最直接的證言。能幫她的，只有沈文約。當然，玉環還有那麼一點點私心，她希望能通過這種方式，讓沈文約重新振作起來。她知道，對一個男人來說，有一個為之奮鬥的目標，等於賦予他一次新的生命。

如玉環所料，沈文約聽完她的推測，緩緩抬起頭來，頹喪的氣息從身上一片片脫落，取而代之的是一股臨戰前的昂揚戰意，雙眼射出凜然的光芒。他對長安城有著強烈的責任感，對任何能給白雲觀造成麻煩的事都不介意，何況拜託他的人還是玉環公主。三個動機讓他毫不猶豫地答應下來。

「那麼，我們接下來做什麼？」沈文約問。

「先去找哪吒，只有他能與龍溝通——雖然我不知道為什麼。」玉環回答。

「你是說，我們要帶著李公子去闖白雲觀？」

玉環點點頭：「是的。」

沈文約驚訝地望著她：「這可真不像你能想出來的主意。」

「不要以為公主就只會繡花和跳舞，也別以為拯救長安只是你們臭男人的事。」玉環板起臉來。

沈文約忽然想起來，李靖剛才透露出一點口風，清風道長似乎要實施一個不得了的宏偉計劃。玉環跟他一合計，越發覺得不安，事不宜遲，必須立刻行動。玉環和沈文約走到哪吒的臥室。一推門，發現房間裡居然空無一人。還是沈文約眼尖，看到窗子旁邊有一個繩頭，他走過去一看，發現一條繩子垂落到地面。兩人沒驚動旁人，悄悄離開臥室，在府內轉了一圈，果然在一處偏僻的花園角落看到了哪吒。這個小傢伙穿著砂黃色的探險服，正鬼鬼祟祟地想爬出圍牆。

哪吒看到玉環公主和沈文約，驚恐地要轉身跑掉。沈文約幾步邁過去，一把抓住他的脖領。哪吒在半空中拼命踢腿，一邊哭一邊嚷嚷：「放開我，我要去救我的朋友，不然它會死的，求求你們。」

「噓！」沈文約把他放下，飛快地摀住他的嘴，「我們也會幫你去救你朋友的。」哪吒的哭泣停止了，他瞪大了眼睛，幾乎不敢相信：「玉環姐姐，你會幫我嗎？」

「為什麼只問我啊？」玉環有點惱火。

「反正沈哥哥都是聽你的嘛。」哪吒擦著眼淚嘟囔。這個童言無忌的回答讓玉環一下子臉色漲紅，她看到沈文約在一旁還挺得意，狠狠地用錦跟木鞋踩了他一腳。

第八章

殺了我

白雲觀位於長安城附近的驪山之上，或者準確地說，驪山就是白雲觀本身。經過清風道長多年經營，整個驪山已經被挖空了。別看驪山表面鬱鬱蔥蔥，幽靜繁茂，其實白雲觀的本觀就隱藏在巨大的山腹裡，長安城很少有人知道裡面究竟有多大，到底隱藏著什麼東西。到達驪山的途徑有兩條。一條是走官方的驛道，這是皇帝視察時的路線；還有一條是從長安城的地龍系統分出的一條支線，直通山體之內，主要用來補充各類修道物資。不過這條支線是白雲觀自己管理，長安地龍管理局的人無權插手，白雲觀儼然就是一個獨立王國。

明心唸了一個法訣，驅遣幾個紙力士把數箱白米和嶺南送來的幾袋荔枝掛到地龍的鱗片上。裝完最後這一批貨，這趟地龍就可以出發前往驪山了。等到貨都裝完了，明心看了一眼地龍的眼睛，兩隻圓如荔枝的巨大眼睛空洞地望著前方，沒顯露出任何不安的跡象，他的心中稍定。長安剛剛鬧過龍災，聽說觀裡的師兄還出手制服了一條發狂的巨龍，所以明心得加倍小心，不要在自己值班的時候出了亂子，被師長訓斥。

明心正準備發出出發的信號，忽然聽到身後傳來腳步聲。他回頭一看，看到一名高髻青袍的道士走了過來，他腰間佩著一把寶劍，身旁還跟著一名豔麗女子，懷裡抱著一個梳著兩條小辮的小道童。「我們要趕去觀內，要三個位置。」道士淡淡地吩咐道，語氣裡卻帶著不容推託的威勢。明心掃了一眼，發現這道士的袖口繡著北斗七星的花紋，而且那花紋還會慢慢地依照北斗的軌跡旋轉，不禁心中一驚。這是白雲觀劍修的標誌，數量極少，每一個都是人中龍鳳。眼前這人莫非也是一位劍修？可是這人的面目實在有些陌生，何況還帶著一個來歷不明的女人和小孩。明心連忙想問個究竟，那道士卻眉頭一皺，開口呵斥道：「這是師尊親自要的，你想知道，自己去問他。」

明心嚇得後退了幾步，擺了擺手。白雲觀劍修深居簡出，以他的品級根本接觸不到那個圈子。何況他負責這個貨運站以來，什麼奇怪的貨物都運過，修道之人，法門千變萬化，需求也五花八門。他連忙作揖道：「是弟子唐突了，請師叔上座。」然後他讓開通道。道士帶著那兩個人停在了巨龍身旁，卻半天沒有動靜。前往白雲觀的巨龍和長安地龍不同。長安地龍服務的是普通人，所以鱗片的位置都靠下，乘客可以伸手抓住鱗片，再跳上去。而往返於驪山和長安之間的巨龍，為了方便運輸大宗貨物，鱗片都特別長大，位於巨龍身軀靠上的位置。普通人如果想乘龍，沒梯子根本搆不著，但對想乘龍的道士來說，可以用法術解決這個問題。

明心看到他們三個站在巨龍邊上，抬頭望著高高在上的鱗片，似乎有些茫然，心中生出疑問。這位師叔在等什麼？只要一個小小的群體浮空術，就可以上去了呀！這是最低階的法術了，一個剛入門的道童都會。他想走過去詢問，那道士已經轉過頭來，面色不善：「你還在等什麼？難道要我親自動手？」「是，是。」明心如夢初醒。白雲觀劍修是何等身分，怎麼會自降身分做這種瑣碎小事？明心忙不迭地施了法術，把他們三個輕輕送上去。一直到巨龍緩緩離開站台，鑽入隧道，明心才如釋重負，擦了擦額頭的冷汗。自己怎麼這麼遲鈍，白白浪費了一個巴結的機會，希望補救得不算遲。

大約半個時辰之後，巨龍抵達了白雲觀在驪山深處的站台。明心早就用傳音符通知了對面的人，所以早有道士候在站台，用法術將三人接下來。白雲觀劍修帶著女人與小孩離開，沒人敢問他們去哪兒。他們沿著一條玉石鋪就的路走上一段高坡，不由得深吸一口氣。在巨大的山腹空洞裡，各色建築鱗次櫛比，觀、舍、塔、坊、廟、堂、殿、閣、亭一應俱全，高高低低占據了絕大部分空間。以驪山之大，居然都顯得有些擁擠。白雲觀的規模已經遠遠超過了一個觀的大小，根本就是一個城市了。冒著青煙的是丹爐房，泛著紅光的是製符坊，塔尖偶有雷電，殿內不時傳來低沉的轟鳴，還有一些古怪的、說不上來用途的建築，叮叮噹噹聲音不絕，不時有飛劍道人和紙符力士穿梭其間，比長安城還熱鬧。在整個山腹的中心還立著一個巨大的鼎爐，鼎壁雕刻著玄奧的花紋，如同一個蹲坐在道觀中的巨人。

「清風那個老雜毛這幾年沒閒著啊。」劍修脫口而出一句欺師滅祖的話。

「別感慨了，快走吧。」女人催促道。

他們三個走下玉石路，進入這座道觀都市。都市沿途的道士都行色匆匆，沒人理睬他們。這一帶地形複雜，他們不知該怎麼走，就攔住了一個路過的道士。

「運到這裡的巨龍，一般會被關在哪裡？」劍修問道。

「稟告師叔，當是在縛獸殿內。」道士恭敬地在玉符上用指頭畫了個簡略的地圖，然後倒退著走遠。

「這些道士看著聰明，其實也很蠢嘛。這樣就可以把他們騙過去了。」沈文約摸了摸自己的高髻，覺得有些滑稽。劍修的身分非常管用。那些道士看到他袖口的北斗七星，一句話都不敢多問，問什麼答什麼。

「你以為這是件很容易的事嗎？這袖口的金線是特製的，七星會隨時辰變化而移動，只有白雲觀才能做出這樣的袍子！沒人能仿製！」玉環白了他一眼，覺得這男人根本不知好賴。這件道袍是去年天子壽宴之時，清風道長進獻的壽禮之一。她費了一番功夫，才從皇宮的庫房裡調出來。如果只是普通的假北斗七星，估計很快就會被人發現。哪吒忍不住催促兩個人：「我們快走吧，我感覺甜筒還活著。」他擔心地朝遠處望去，眼睛裡閃過焦灼的神色。他的口袋裡鼓鼓囊囊的，裝滿了各種零食，打算帶給甜筒吃。

他們按照道士給的地圖，輕易就找到了位於一塊青色山石之後的縛獸殿。這裡叫殿，其實是個很大的土坑，裡面堆放著報廢的爐鼎、燒剩下的丹渣、畫錯的符紙等研究廢料，所以根本沒有守衛。甜筒奄奄一息地趴在這一大堆垃圾裡，龍皮暗淡至極，幾乎要和周圍融為一體。龍的生命很強韌，在遭受了這麼嚴重的打擊之後，它沒有死，可也僅僅是沒死而已。唯一證明它還活著的，是從龍喉裡不時發出的微弱喘息，那聲音好似一個破敗的風箱。甜筒對白雲觀來說，本身的價值並不大，它只是清風用來壓制李靖的道具，所以只要活到公開處刑就夠了。現在白雲觀需要它活著，所以簡單地在它身上貼了幾張療傷的符紙，還用一根長管往龍嘴裡注入一種濃縮的漿液，讓它不會立刻死去，但也沒力氣掙扎。

哪吒從玉環懷裡跳到地上，瞪大眼睛一步步走過去，手指都在顫抖。等他走到甜筒跟前時，甜筒拼盡力氣抬起頭，龍眼裡閃過一絲驚異的光亮，一聲龍語傳入哪吒的耳中：「殺了我。」哪吒一下子沒能理解這句話，愣在了原地。甜筒重複了一次，哪吒這才注意到它身上的慘狀：鱗片已經開始散發出淡淡的腥味，無數拳頭大小的傷口密布在身軀上，它們沒有癒合，反而隨著喘息不停開合，體液被擠出體外，在傷口周圍形成一圈黃黃的痕跡。可見甜筒在忍受著多麼大的痛苦，它甚至連自殺的力氣都沒有了。哪吒用手去摸著傷口，急忙從口袋裡拿出大把大把的零食，塞到甜筒的嘴裡。甜筒無力地擺擺頭，它腫脹的喉嚨沒法吞嚥，零食從齒縫裡掉出來。哪吒再也抑制不住悲痛，抱住甜筒的頭哇哇大哭起來，巨龍輕輕擺動頭顱，憐愛地蹭了蹭他，彷彿有些依依不捨。

「殺了我。」它堅持說。

「我會救你出去的！」哪吒顧不得擦乾臉上的眼淚，大聲對甜筒說。甜筒搖搖頭，只把那當成小孩子的氣話。這裡的人類都非常凶狠，他一個小孩子能做什麼？哪吒看甜筒不相信，一指身後：「真的，今天我不是一個人來的。還有玉環姐姐和沈大哥！他們可以幫你！」甜筒掃了一眼遠處的兩人，眼神恢復了淡漠。玉環上前一步：「你好，我知道你聽得懂我說話。我是玉環公主，哪吒的朋友。」甜筒低吟了一聲，哪吒回頭道：「它說，你們也沒有力量救它離開，讓我們快離開。」

玉環公主壯著膽子走到龍跟前，用微微發顫的聲音道：「謝謝你照顧哪吒，我們很感謝你。我們也許無法救你的性命，但是你有機會拯救整個長安城。」甜筒冷哼一聲。這次不用翻譯，玉環和沈文約也聽出它的意思了：「長安城的安危，與我有什麼關係？」玉環眉頭一皺：「我知道你對人類心懷怨憤，我沒什麼可辯解的。但你即使不關心人類，也要想想你的同伴們。這件事，可是關係到長安城地下所有龍的性命。」哪吒抬起頭，轉述甜筒的話道：「我的同胞們在長安城地下一直在承受苦難，我們沒有自由，沒有靈魂，沒有可追求的目標和可捍衛的信念。我們本來就是行屍走肉，生與死又有什麼區別？死也許是個更好的選擇，至少可以得到解脫。」

「那麼哪吒呢？」玉環盯著巨龍的眼眸，注意到它本來耷拉下來的龍鬚在半空翹了翹，「如果長安出了事，哪吒也不會倖免。你能夠坐視這種事情發生嗎？」玉環的心思很細膩，她知道既然這條龍願意為保護哪吒而死，那麼它一定有自己不惜犧牲生命也要去捍衛的東西。果然，甜筒沉默了一下，這次它沒有拒絕，示意玉環繼續說下去。玉環告訴它，清風道長要增加壺口龍門對龍的捕獲量，把長安城地下的巨龍通通換掉。講完以後，玉環問道：「我聽說你做過預言，說真正的大孽龍還沒甦醒？這跟壺口龍門有關係嗎？」甜筒長長地嘆息了一聲：「本來就是一回事。那條被你們消滅的孽龍只是個徵兆。它越強大，說明即將甦醒的大孽龍越可怕。如果你們還執迷不悟，繼續在壺口龍門捕捉龍族的話，那麼真正的大孽龍會提前甦醒……」

沈文約在一旁聽到哪吒的翻譯，臉色變得鐵青。他親身與那條孽龍戰鬥過，知道它的力量有多可怕。合天策、神武和白雲觀精銳之力，也只不過是勉強將它消滅。如果它只是個徵兆，那麼真正的大孽龍會可怕到什麼地步，他簡直不敢想像。饒是他有著天不怕地不怕的個性，也禁不住打了個寒戰。

玉環也意識到事情的嚴重性：「那麼你有什麼證據嗎？」

「這是我的感覺，你們可以不信。」甜筒閉上了眼睛。

「甜筒不會說謊的！」哪吒大聲喊道。

「可是有些人會。」

一個陰冷的聲音從他們的頭頂傳來。甜筒發出一聲憤怒的低吼，沈文約眼神一凜，立刻拔出長劍護在玉環和哪吒身旁，同時循聲望去。隨著一聲長笑，十幾名道士的身影從四周的背景裡浮現出來，為首的一人正是擒獲甜筒的明月道長。那柄可以刺穿巨龍脊背的長劍，正背在他身後。「剛才明心跟我說有位不認識的劍修進入了白雲觀，我還當是誰呢，原來是天策府的廢物。」明月得意揚揚地俯瞰著這三個人和一條龍，眼神裡帶著譏誚。「你這個混蛋！」沈文約大怒，揮劍就刺。他的劍法非常高超，並不遜於他的駕駛技術。可明月連身子都沒動，只是不耐煩地一揮巴掌，一股勁風憑空湧了出來。沈文約頓時感覺有隻無形的大手抓住劍身，用力一掰，硬生生把劍從他的手裡奪走，扔在地上。「你若是開著飛機，我還避一避你。當著我的面用劍？你還真當自己是我們白雲觀的劍修啊？」明月嘲諷地笑了起來。

玉環公主這時站出來道：「你是怎麼知道我們在這裡的？」明月先向她深深一揖，然後抬起自己的袖子，用修長的指頭壓著那不斷變化的七星花紋：「七星道袍除了劍修以外，只有皇宮裡有一件。天子把它賜予公主之時，應該告訴過您，它還有指示位置的功能吧？」玉環聽到他的話裡全是諷刺，氣得臉都要白了。明月似乎不肯放過這個肆意嘲弄對手的機會：「大將軍的公子、天策府的王牌機師、皇家公主，你們三個是奉了李大將軍的命令，來把這條讓他丟臉的巨龍弄死的吧？別費心了，這件事我們會來做的，而且會做得十分漂亮。你們回去轉告大將軍，讓他儘管放心。」

哪吒大怒，跳起來大喊道：「你這個要殺死甜筒的壞人！」明月看了眼哪吒，淡淡地道：「小傢伙，你就這麼對待你的救命恩人？」

「胡說！你才不是！」

玉環趕緊把哪吒拉住。她已經摸清楚了明月的底細。他們三個人身分特殊，明月也不敢痛下殺手，所以事情還有轉圜的餘地。她仰頭對明月道：「我們到這裡來，實在是事出有因。如今有一件要緊之事，我們要見清風道長。」

「龍門節在即，家師已經閉關了。你們真有事，跟我說就成。」

玉環猶豫了一下，便把大孽龍的徵兆說給明月聽，警告說如果今年龍門節捕捉太多龍的話，大孽龍隨時可能甦醒。明月聽完以後，仰天長笑，似乎聽到一個特別有趣的笑話：「我知道大將軍不希望我們白雲觀得勢，只是你們何必用這種拙劣的謊話來哄騙呢？當我們是黃口小娃娃？」他說完，看了一眼哪吒。

「這跟政見無關。」玉環急了，聲音也變得尖銳起來，「這事關長安城的安全！」

「長安城的安全由我們來負責，這不是一個公主能妄加評論的。」

「可是，萬一大孽龍真的復活了怎麼辦？」

「那正好，給我們白雲觀試劍。我這斬龍劍，可還沒喝夠龍血呢。」明月掣出劍來，趾高氣揚地一抖手腕。三人眼前一花，這劍已經衝到甜筒的脖頸處。只要明月稍微一用力，就會割斷巨龍的咽喉。

「不要！」哪吒不要命地撲了過去。明月也不想傷到李靖的公子，一下子又把劍收了回來。他一揮手，六名道士飄然落地，不失禮數卻堅決地把三個人夾在了中間。

「看在玉環公主的面子上，這次就不治你們的罪了。下次再闖白雲觀，可就要依國法處置了。」明月把沈文約的袍子收了，一招手，示意把三個人押出去。哪吒被兩名道士緊緊抓住胳膊，只能勉強回頭朝甜筒望去，看到它已經把眼睛合上，看起來就好似已經死了一樣。

突然，一陣劇烈的震動傳來，整個驪山山腹都為之動搖，有細碎的小石子從穹頂掉落下來，發出「嘩嘩」的聲音。所有人都站住腳，惶恐不安地左右看去。震動持續了約莫小半炷香的工夫就停止了，彷彿什麼都沒發生過。明月面色如常，指示趕快把他們帶走。「長安可很久沒這麼地震過了。」一名抓住哪吒的道士嘀咕道。

第九章

鯉魚躍龍門

明月親自把沈文約、玉環公主、哪吒三個人押送出驪山，把他們扔在最近的一處地龍驛內，然後揚長而去。哪吒抬起小臉，看看一臉不服氣的沈文約，又看看一臉沮喪的玉環公主，抓住他們的手輕輕地搖了搖：「我們該怎麼辦呢？甜筒會不會被殺掉啊？」兩個大人都保持著沉默，他們對救出甜筒已經不抱什麼希望。哪吒反覆地問，看到他們都不回答，眼淚幾乎要掉下來。他忽然想到，男子漢不能輕易流淚，於是咬住嘴唇，用力把眼淚憋了回去。

沈文約雙拳一砸，恨恨地說道：「這個明月也太可恨了，居然比我都囂張！那副嘴臉，就好像他們白雲觀才是長安的主人似的。」

「我們接下來怎麼辦？」玉環公主擔心地說。

沈文約沉思了一下，眼神閃動：「哼，長安城裡，至少還有一個人是不怕白雲觀的。」

「誰？」

「當今天子。」

天子今天的心情很好，孽龍的事已經解決，接下來只要安享太平就可以了。至於天策、神武二府與白雲觀的爭鬥，那不過是朝堂制衡之術。天策府已經強勢了好多年，是時候稍微把白雲觀抬起來一段時間了。他坐在龍椅上，手裡摩挲著一柄玉如意，心裡盤算著要不要欣賞一段歌舞。這時侍衛通報，說玉環公主求見。「玉環？這丫頭今天怎麼想起來找我了？」天子對這個妹妹還是挺喜歡的，正好今天有喜事，找個人說說也不錯。於是他抬起手，吩咐讓她進來。過不多時，玉環匆匆走進來，天子看到她表情很嚴峻，似乎還帶著淚痕，頗有些詫異。

「是誰欺負你了嗎？」天子問。他知道玉環素來心高氣傲，平時不欺負別人就很難得了，現在居然被人欺負，天子實在是有些好奇。

「是啊，哥哥你要為我做主。」玉環說，她不跪不拜，直接拽住天子的袖子。天子樂呵呵地寬慰道：「誰敢欺負我家公主？我罰他去做苦工！」

「是白雲觀的明月！」

天子一愣，隨即反應過來：「是那個劍修吧？他怎麼欺負你了？」

於是玉環把他們如何闖入驪山腹地，如何從甜筒那裡獲知大孽龍的預言，又是如何被明月趕出來的過程原原本本說了一遍。「妹妹，你過慮了。」天子樂呵呵地摸摸她的頭，「你還不知道吧？今天清風道長已經把大孽龍給煉化了，未來二十年內，長安城可以安然無恙。」

玉環一聽就急了：「白雲觀弄錯了，真正的大孽龍還沒徹底甦醒呢！」

「好啦好啦，回頭我帶你去壺口瀑布，看鯉魚跳龍門，可好看啦。」

玉環見天子根本沒把她的話放在心上，急得一步向前，幾乎貼著天子的臉喊了起來：「皇帝哥哥，你沒感覺到剛才的地震嗎？如果大孽龍真的被消滅了，根本就不會地震啊！」她吼完這一嗓子，看到天子的臉色由晴轉陰，才意識到自己有些僭越了。天子一拍椅背，很不高興地說：「國家大事，你一個小姑娘摻和什麼？白雲觀的道長們都是降妖除魔的高手，知道的不比你多？瞎胡鬧！」

玉環不服氣地昂起頭：「事實勝於雄辯！」

天子見她倔脾氣又上來了，無奈地揮了揮手道：「哎，玉環，我問你，如果這條大孽龍真的存在，我們該怎麼辦？」

「當然是全力備戰啦！讓天策、神武和白雲觀的軍隊都準備好打仗。」

天子笑了：「那和現在不是一樣嗎？整個長安城的城防，早就處於一級戒備狀態。

而且清風道長已經著手準備大換龍了。」

「大換龍？」

天子得意地說道：「這是朝廷機密，你可先別告訴別人。現在地龍系統裡的龍，恐怕已被孽龍的氣息侵蝕，精神不穩，是安全隱患。這次龍門節，我們會捉一大批龍，把地龍通通替換掉，長安城就安全了。」

「可是那樣不是會產生更多的業嗎？」玉環反問道。

「清風道長說了，大孽龍已死，就算多造點業也不成氣候。沒問題，沒問題的。」天子信心滿滿地回答。然後他把頭轉向另外一側，因為美貌的舞姬們已經到了。

玉環沮喪地從宮殿走出來，等在門口的沈文約問她如何。玉環搖了搖頭，嘆氣道：「皇帝哥哥只相信清風道長的話，根本聽不進去別的。」沈文約仰頭看了一眼巍峨的城牆，用大拇指把護目鏡向上頂了頂，咬牙道：「看來我只能再去跟大將軍談談，起碼神武、天策二府得提前做好準備才行。」玉環忽然想起來什麼，看了一眼日晷，上面的陰影已經悄然移動了兩個刻度：「來不及了，明月應該要對甜筒動手了吧？可憐的哪吒，他如果聽說甜筒被殺，不知該有多傷心呢……咦？哪吒呢？」沈文約一愣，兩個人東觀西望了半天，才發現哪吒根本就不在身邊。這個小傢伙，不知道什麼時候跑掉了。

此時哪吒正置身於長安城地下的中央洞穴之內，對於如何進來，他已經輕車熟路了。沒當班的巨龍們還是一如既往地趴在自己的坑裡休息，在它們的頭頂上，大齒輪柱「嘎吱嘎吱」地運轉著，扯動著當班的巨龍們在通道裡進進出出。不知道是不是因為剛才地震過，洞穴裡的氣氛變得特別詭異。那些巨龍的眼珠裡，偶爾會有黑霧一閃而過。

哪吒手腳並用，穿過錯綜複雜的管線，跑到巨龍之間。他左顧右盼，看到饕餮正趴在坑里美美地吃著東西，就跑過去昂起頭對它說：「饕餮！甜筒快要死了！」饕餮從鼻子裡發出「哦」的一聲，嘴裡還在不停地進食。哪吒大急，抓住它的尾巴拼命搖動。饕餮只得放下食物，把碩大的頭顱垂到哪吒面前。

「你身上有好多吃的呢。」饕餮興奮地說。

哪吒大聲道：「甜筒被白雲觀的道士抓走了，它馬上就要被殺了！」饕餮就像沒聽到一樣，圍著哪吒，嗅著他的口袋。哪吒十分生氣，抓起一把糖果扔出去，饕餮一口吞下去，意猶未盡地舔了舔舌頭。「同伴就要被殺了，你還只關心糖果嗎？」哪吒攥緊了拳頭。

饕餮的眼珠連轉都不轉，繼續張開大嘴，流著口水。哪吒氣得要死，他想起自己體內還有一顆龍珠，便扔出一根棉花糖，趁饕餮低頭吃的時候攀到它背脊之上，用盡全力向四周發射龍語。龍語的聲波在洞穴裡來回折射，很快雷公、梅花斑和其他巨龍都聚攏過來。哪吒把甜筒的遭遇講給它們聽，出乎意料的是，這些巨龍表現得都很淡漠。

梅花斑晃了晃尾巴，開口道：「那是甜筒的宿命，誰也無法改變。」

「甜筒難道不是你們的同伴嗎？你們不關心它的安危嗎？」哪吒很激動，他不能理解，好朋友之間如果不能互相幫助，還算什麼好朋友？

「關心又如何？每條龍總是要死的，只是早死和晚死的區別而已。大家的歸宿只有那個大坑。早點死去還是解脫呢，總好過天天在這裡鑽行。」梅花斑回答。它的話引起其他巨龍的共鳴，它們紛紛用低吟表示贊同。雷公這次的聲音一點也不大：「就算關心，我們也無能為力啊。我們被鐵鏈拴著，根本動彈不了。而且你也說了，甜筒只是比地龍運行表稍微提前了幾分鐘，就被人類用這麼殘忍的手段處理了，我們如果擅自亂動，也是一樣的下場。」

哪吒急得小臉都漲紅了：「你們難道不生氣、不著急嗎?!」

雷公抬起脖子，給它看自己下頷那一片空白：「我們的逆鱗早就被揭去了，那樣的情感已經沒有了。甜筒不是第一條被人類殺死的龍，也不是最後一條。這就是我們的命。我們不是不關心，而是做與不做，根本沒區別。」雷公張開大嘴，想了想，又合上了。它腿上的鐵鏈忽然叮噹作響，開始朝中央大齒輪挪動。這是要去當班的信號。雷公轉過碩大的身體，蹣跚著離開。留在原地的梅花斑看了一眼哪吒：「你如果真的是甜筒的朋友，就讓它這樣死去吧。活著對它來說，是一種折磨。」說完它搖搖頭，朝自己的龍坑走去。巨龍們紛紛垂下龍頭，對這個話題不再關心。

哪吒站在饕餮的脊背上，不知所措。他沒想到這些巨龍如此冷漠，沒有一條肯施以援手。他看到甜筒空蕩蕩的龍坑，淚水幾乎要奪眶而出。他目送巨龍們離開的脊背，通過龍珠聲嘶力竭地發出一聲尖厲的叫喊。這叫喊聲太尖銳了，讓所有的巨龍都皺起了眉頭：「活著才不是折磨！只要甜筒還活著，總有機會飛翔到天空中去，死了就什麼也做不了了！」

「飛翔……」中央洞穴裡所有的巨龍都陷入沉思，仔細咀嚼著這個陌生又奇怪的詞，似乎有古老的記憶在復甦。

哪吒的聲音在洞穴裡繼續迴蕩：「我不會放棄我的朋友！就算只有我一個人，也絕不放棄！我一定會讓甜筒在天空自由飛翔！」說完這些，哪吒氣勢洶洶地跳下饕餮的脊背，把口袋裡的零食都扔在地上，然後朝外面走去。他走了兩步，忽然發現走不動了，一回頭，看到饕餮用一隻爪子鉤住了他的衣領。「幹嘛?!」哪吒沒好氣地吼道。

「給你這個。」饕餮伸出爪子，一片青綠色的龍鱗在半空懸浮，綻放著光芒。這鱗片有三個哪吒那麼高，好似一面菱形的大盾牌。

哪吒不明就裡：「這是什麼?」饕餮還沒回答，哪吒就驚訝地瞪大了眼睛。他看到，正在離開的雷公和梅花斑的身體上，也浮現出同樣的鱗片。其他巨龍，由近及遠陸陸續續都讓自己的一片鱗片浮在半空，形成一面由龍鱗組成的大牆，整個洞穴幾乎被鱗片綻放的光芒填滿了。哪吒原地不動，幾十片巨龍的鱗片飄了過來，它們圍著哪吒轉了幾圈，然後倏然縮小，朝哪吒的身體貼上去。哪吒只覺得身子先是被火燙傷，然後又像是被扔進冰窖裡。等到他恢復正常，重新審視自己的身體時，他發現手臂上貼著一片片鱗甲，好似一件盔甲。

「這是什麼?」

「在我們巨龍的身上，龍珠代表著傳承，逆鱗承載著怒氣與怨念，只有一片。而這些鱗片蘊藏著我們龍的生命力，是我們從鯉魚變成龍時變化出來的。」

「你們……」

「可惜我們每條龍只能送你一片，如果全剝掉的話，我們就會從龍變回鯉魚。不過，這些生命力應該夠用啦——剩下的事情，就拜託你了。」饕餮說完這些，又忙著低頭去舔那些糖果。

哪吒輕輕向上一跳，陡然覺得雙腿充滿了爆炸性的力量，一下子彈起來老高。他驚喜地落回地面，左顧右盼，又試著跳了一下，腦袋幾乎可以擦到洞穴頂端。一條粗大的鐵鏈向他橫掃過來，結果「哐噹」一聲，在哪吒胸前碰撞出火花。哪吒只是身體晃了晃，卻沒受到任何傷害。他現在覺得全身充滿了力量，就算是白雲觀劍修也絕不是他的對手。

這時從洞穴裡的某一條通道傳來一陣龍語，衝入哪吒的耳朵。哪吒分辨出來，那是剛剛離開的雷公在回頭吶喊：「我剛接到指令，要去牽引一具龍屍去龍屍坑，我想那應該是甜筒。」饕餮催促道：「你快走吧，再不走就來不及了。」哪吒顧不上多說，他向俯臥在坑中的龍群鞠了一躬，然後雙足一頓，整個人斜斜飛過半空，跌跌撞撞地朝著其中一條地龍通道跑去。饕餮看著他的身影消失，晃了晃腦袋，趴回龍坑裡。

哪吒在漆黑的通道裡快速鑽行，龍的力量使他能看穿黑暗，耳邊的風呼呼吹過。他身上帶著幾十片龍鱗的力量，動作迅捷得如同一隻成了精的兔子。地龍通道四通八達，又沒有路標，根本就是個迷宮。哪吒唯一的嚮導，是雷公在遠處時有時無的龍嘯。它是個大嗓門，用的又是龍語，呼喊聲在狹窄的通道來回反射，為哪吒提供正確的指引。

哪吒接近龍屍坑的入口時，終於看到雷公的身軀緩緩飛來。哪吒大喜，快步向前想去打招呼，卻一下子停住了腳步。在他面前，雷公身後是一具巨大的龍屍，在通道裡磕絆絆地被拖行著。龍眼緊閉，龍頭低垂，四隻龍爪子無力地垂吊著，渾身的鱗片暗淡無光。在它的咽喉處是一道深深的劍痕，沾染在劍痕旁邊的龍血還在向下滴。看來甜筒是剛剛被明月處決的。幾名押送的白雲觀道士一臉厭惡地站在雷公背上，監視著這條膽大妄為的妖龍，唯恐它再次復活。哪吒站在黑暗裡，想放聲大哭。可是他不敢，怕被道士們聽見。哪吒只能咬住嘴唇，拼命抑制住自己的悲痛，雙肩發抖。他身軀上的鱗片閃著幽光，像是龍群為同伴送葬的悲鳴。

雷公把甜筒拽到龍屍坑的上空，盤旋了一圈，爪子一鬆，甜筒的屍體軟軟地跌落到坑底，「嘩啦」一聲，一大片龍骸骨被震得四散飛起，一陣屍臭瀰漫開來。白雲觀的道士掩住口鼻，迫不及待地驅趕雷公離開這個鬼地方，連最後的確認也顧不上。他們前腳剛離開，哪吒立刻從黑暗中現出身形，鑽進龍屍坑的頂端。他向下望去，只看得到偶爾亮起的磷火。哪吒毫不猶豫，縱身一躍，身上的鱗片散發出的力量，讓他穩穩落到足有幾十丈深的坑底。龍屍坑的底部到處都是龍骨，死亡的氣息無處不在。哪吒落地之後，四下掃視，很快聞到一股血腥味。他鼓起勇氣，撥開散落在四周的骸骨，朝著那個方向摸去。這裡無比寂靜、無比壓抑，觸目可見的都是密密麻麻的骨頭，可以看出來，這些巨龍生前一定都有過一番掙扎。大概是身附鱗甲的緣故，哪吒甚至可以隱隱感覺到濃郁的怨恨之氣從這些骨頭上蒸騰而起，在頭頂聚成一層肉眼看不見的迷霧。

哪吒原來最害怕的就是骷髏，他從來沒想過，自己有一天會在如此恐怖的地方獨行，居然還沒哭鼻子。哪吒很快就在一堆碎骨的頂端看到了甜筒的屍體。巨龍的身軀扭曲成奇怪的角度，四爪攤開，龍尾被一個骷髏龍頭的眼洞夾住。他攀上骨堆，伸出雙手抱住甜筒的頭，把腦袋貼在龍吻上，哇哇大哭起來。那個高傲的甜筒，那個溫柔的甜筒，那個身上沾了甜筒糖漿的甜筒，那個一直希望能有機會在天空飛翔的甜筒，現在卻一動不動地趴在那裡，不理哪吒。

隨著哭聲，哪吒身上的龍鱗慢慢一片片脫落下來，飛到已經喪失了生氣的龍屍身上，就像雪花浸入熱水中一樣，一點點融進龍身。每融進去一片，甜筒的屍體就泛起一點光芒。哪吒瞪大了眼睛，想起饕餮的話，這些鱗片代表了龍的生命力。不知是不是錯覺，哪吒似乎看到，甜筒的龍鬚微微地擺動了一下。「快點，再快點。」哪吒恨不得自己把鱗片撕下來……

龍門節終於到來了，這是長安城萬眾矚目的節日。壺口瀑布附近人山人海，長安城的老百姓扶老攜幼，都跑過來看熱鬧。天子喜歡與民同樂，不過圍觀的人實在是太多了，所以人群被官方嚴格限制在四個外圍區域。參加的人不用擔心視野問題，因為龍門已經被白雲觀架設在壺口瀑布的正上方。這是一道無比巨大的彩虹狀木門，它的門柱上鐫刻著金燦燦的玄奧法陣，讓它懸浮在半空中。圍觀者只要略微抬起頭來，就能看到它巍峨的身影。據參加過的人說，正式開始以後，黃河裡的鯉魚就會高高躍起到半空，爭先恐後地跳過這道門，蛻去魚鱗，披上龍鱗，還會發出一聲清嘯。整個過程，會有十幾條甚至幾十條龍接二連三地在半空飛過，非常壯觀。

「這些龍不會逃走嗎？」有人發出疑問。

「怎麼可能讓它們逃掉？」說話的人指了指天空，四架大型「大唐」運輸機正在龍門上空盤旋，它們的機體要比「貞觀」、「武德」大上十幾倍，光是牛筋動力艙就有十個，二十個巨大的螺旋槳「嗡嗡」地轉動著，八根鐵鉤和三排符紙炮始終對準龍門。在它們周圍，還有成群的飛行編隊，耀武揚威地分割著天空。在下方的地面上，是神武軍的砲兵陣地和白雲觀的法陣，砲兵和道士各自堅守著自己的位置，仰望著龍門。

「看見沒？那些龍一變化，這邊馬上就有飛機往下壓，等壓得足夠低了，神武軍就開始轟擊，把龍逼到法陣裡來，白雲觀的道爺們一唸咒，就給收住了。天羅地網啊，根本跑不掉！」

「好厲害！」聽眾們發出驚嘆。

天子並不知道民眾會發出這種議論，此時他正站在壺口瀑布附近視野最佳的小山頂上，手持一個精巧的單筒望遠鏡朝龍門看去。清風道長和李靖站在天子左右，一個神態自若，一個面色陰沉。「劍修都就位了嗎？」天子問。

清風道長連忙一拱手：「是，他們就隱伏在壺口附近，萬無一失。」

天子樂呵呵地說：「有他們在，我就放心了。就算玉環那個瘋丫頭說還有什麼大孽龍，也不怕了。」

「公主也是想為陛下分憂，體國之心，實在欽敬。」清風道長回答。經過上一役，天子對白雲觀劍修充滿了信任，已經把他們當成最值得信賴的武力，這是個很好的兆頭。清風道長想到這裡，看了一眼李靖。這位大將軍一言不發，只是緊抿著嘴唇。聽說他家公子與明月發生過衝突，隨後就失蹤了，直到現在都沒找到。自己的兒子都找不到了，還堅持來參加龍門節，看來他對自己逐漸失去聖眷這件事相當在意啊。清風道長不無惡意地想。

吉時已到，白雲觀的道士用力敲響一面巨大的鑼，鑼聲嘹亮，擴散到數里之外。圍觀百姓一齊發出歡呼聲，龍門節終於開始了。隨著法陣裡的道士們唸動咒語，龍門開始放射出五彩光芒，有光與電繚繞在四周，說不出地莊嚴肅穆，甚至還有一股異香散發開來。壺口瀑布下游的水面變得沸騰起來，如果此時有人站在河邊的話，就能看到無數魚鰭劃開水面，逆流而上，鋪天蓋地，數量驚人，一時間就連黃河那無比寬闊的河道都顯得有些狹窄。當這些魚鰭接近瀑布底部時，幾十朵水花同時炸起，幾十尾金黃色的肥美鯉魚擺動著尾巴，躍至半空。它們躍起的高度都很高，但距離龍門還有一定的距離。鯉魚們不甘心地重新落入水中，與此同時，另外幾十尾同伴已經躍出水面。

鯉魚躍龍門，確實是一件相當困難的事情。第一撥鯉魚的衝擊持續了半個時辰，只有一條成功躍過龍門，其他鯉魚精疲力竭，甚至還有因此而死去的。那條幸運的鯉魚穿過龍門的一瞬間，魚鱗蛻去，化為龍身，很快就變成一條年輕、矯健、強而有力的新龍。它在半空中手舞足蹈，發出興奮的龍嘯聲。可這龍嘯聲很快就被「大唐」運輸機的嗡嗡聲壓制，巨大的機體從天而降，泰山壓頂，年輕的龍不敢硬頂，只得降低高度。神武軍的火炮不失時機地開火，在半空綻放出朵朵黃色火焰。這些特製的砲彈沒有殺傷力，但裡面含有龍最厭惡的硫黃。年輕的龍環顧四周，發現其他方向都被討厭的黃煙籠罩，只有一個方向很乾淨。它擺動尾巴，朝著那裡飛去。至於地面上那個閃光的奇怪的幾何形狀，初為龍形的它還沒有足夠的智慧去思考。

等到它朝那個方向飛了一段之後，突然八道光柱從下至上自法陣射出，把它牢牢地鎖在半空。龍很驚慌，想要掙扎，可是光柱就像穿透它的身軀一樣，把它釘得死死的。

道士們的咒語聲越來越大，這些光柱鎖著巨龍朝著指定地點移動，在那裡，一個貼滿黃紙的長條形鐵籠已經在等著，入口打開，恰好可容納一條龍進入。龍這才意識到要發生什麼事情，它拼命掙扎，可是徒勞無功。當光柱即將把它推入籠子時，它終於昂起龍頭，發出一聲淒厲憤怒的長嘯，逆鱗被它自己撕下來，高高揚起在半空。隨即籠子「嘩啦」一聲，閘門掉落，將龍關了進去。那片逆鱗在半空飄浮了一會兒，然後落在地上，化為一縷黑煙，鑽入地縫中，很快這條縫隙重新打開，有比剛才多幾倍的黑煙湧出來。不過這個小小的細節沒被任何人注意到，因為大家都抻著脖子、張大了嘴，被清風道長的行為所震驚。

此時清風道長離開了天子身邊，馭劍飛行到了龍門正上空，祭出了一個三足小鼎。這個小鼎應該是什麼不得了的法器，一經祭出，立刻增大了數倍，很快變成一個比「大唐」運輸機還要碩大的巨鼎。清風道長拂塵一揮，巨鼎飛到龍門上空，緩慢下降。巨大的壓力灌頂而落，竟把龍門向下壓了幾分。清風道長還嫌不夠，又打出幾張符紙，巨鼎登時又往下沉了沉，迫使龍門的高度又低了一點。對鯉魚來說，這是一個非常好的消息。那些本來差一點躍過龍門的鯉魚，可以從容地躍過去了。於是在接下來的一個時辰裡，鯉魚化龍的數量大增，一條接著一條地穿過龍門。天策軍、神武軍和白雲觀的道士們也忙得不亦樂乎，一條條地壓制、鎖定、擒獲，逆鱗也一片片地消融在地縫裡……

「什麼，居然都抓到三十條了?!」天子接到明月的報告，十分意外。

明月謙恭地垂下頭，卻掩不住一臉得意：「經過精密計算，龍門下降一尺，鯉魚化龍的成功率就能提高二成五。」

「往年能有五、六條就不錯了，這可真是大豐收呀。」天子很高興。遠處的運輸車隊排成了長龍。

「這都是陛下聖斷之功、師尊玄術之力。」明月說。清風道長親自駕臨龍門，於是指派他來填補天子身旁的空白。這是一個非常鮮明的信號，白雲觀的下一任觀主人選應該就這麼定了。

天子問：「不過，捉得太多，不會有什麼負面影響嗎？」

明月微微一笑：「萬無一失。」

他的話音剛落，突然一陣劇烈的震動傳來。山頂登時亂成一團，所有人都東倒西歪。明月手疾眼快地扶住天子，才沒有讓他摔倒。天子狼狽地扶了扶王冠，問明月這到底是怎麼回事。可是明月沒有回答。他手按長劍，劍眉蹙起，愕然地望著天空。一股粗壯無比的黑煙突然從地面騰空而起，將壺口瀑布、龍門、巨鼎和清風道長都籠罩在內。無數黑煙從壺口附近的地縫裡升騰而出，加入黑煙中。它的身體飛速地生長，逐漸凝聚成一條無比巨大的龍，幾乎半個天空都被它遮蔽了。那四架仍舊盤旋的「大唐」運輸機跟它相比，簡直就是螞蟻。

一聲淒厲的龍嘯從孽龍口中噴湧而出，震耳欲聾。

三百！

五百！

一千！

一千五！

業力測量儀的數字在一千七百六十上停了下來，這讓負責測算的道士們面如土色。

第十章

龍殭屍

一千七百六十業。

前幾天那條讓天策、神武兩府灰頭土臉的孽龍不過三百業而已，跟眼前的這條相比，簡直就是老鼠和老虎的區別。一名道士顫抖著雙手拿起銅鏡，試圖將這個驚人的數字匯報給上級。可他很快意識到，根本不必如此，在壺口瀑布的人用肉眼就能看到兩者之間的巨大差距。

那個道士的感覺沒有錯。此時，在壺口瀑布的上空，鋪天蓋地的黑色煙霧正在逐漸凝結，慢慢地，一條惡龍的輪廓變得清晰起來。它的體型無比龐大，頭頂的犄角足有六隻之多，彼此交錯，將龍頭襯托得無比猙獰。墨色的鱗甲覆蓋著它的全身，鱗片交疊，甚至還泛著光澤——這是黑到極處、凝實到了極點才會有的現象。之前的孽龍介於煙霧與實體之間，形體還忽散忽聚、飄忽不定，而現在這一條已經徹底凝結成了實體，凜冽的威勢和壓迫感傳到了在場的每一個人心中。

還未等人類做出任何反應，大孽龍抬起脖子，發出一聲長嘯。它四周的空氣被震顫出一圈漣漪，聲波以肉眼可見的痕跡向四周疾速擴散。無論是天策府護航的飛機還是地面上的民眾，都被這一聲龍嘯震得動彈不得。地上的人還好，天上的幾架護航飛機當場停止了運轉，一頭朝著地面栽下來。半空中只剩下四架「大唐」運輸機，憑藉著自己的噸位勉強保持著飛行的姿態。

一直到天策府的小飛機栽到地面發出震耳欲聾的爆炸聲，所有人才如夢初醒。它只是發出一聲吼叫，就有這樣的威力，如果它發起怒來，該有多麼可怕？比龍身還巨大的恐怖感壓垮了大家的心神，壺口瀑布附近的圍觀民眾發出驚恐的尖叫，紛紛轉身朝城裡跑去。失去秩序的人群是一盤散沙，現場亂成了一鍋粥。男人們用肩膀和手臂推開前面的人，女人們則歇斯底里地大聲哭泣，還有許多小孩子在混亂中與父母失散，只能仰起頭來傻傻地看著半空中的巨龍，甚至忘記了號哭。

這時大孽龍的龍頭一探，一口咬住一架「大唐」運輸機的左側機翼，狠狠一咬，居然生生把它咬了下來。失去翅膀的運輸機哀鳴著向地面砸來，飛行員連忙跳傘。黑龍對小東西沒興趣，它又擺動龍尾，把另外一架砸毀。四架「大唐」運輸機幾乎在一瞬間全數墜毀。火光和爆炸聲讓壺口瀑布的人群更加驚恐，許多人慌不擇路，跑得漫山遍野，甚至衝垮了好幾處神武軍的砲兵陣地。

天子站在山上，臉色鐵青地注視著那條大孽龍。他忽然開口道：「傳朕的旨意，全體迎擊，至少要掩護那些市民安全撤回長安城去。」

勉強壓下驚慌的明月躬身道：「陛下勿驚，清風仙師還在呢。」

天子這才想起來，清風道長似乎還沒出手呢。他連忙抬起頭，在天空中尋找那位老道的蹤跡。在大孽龍成形之前，清風道長應該一直在龍門上空，用自己手裡的法寶三足鼎壓低龍門。天子掃視了一圈，才勉強在比大孽龍更高的天空中看到一個小黑點。準確地說，是兩個黑點。清風道長已經把三足鼎從龍門上空撤回，懸浮在自己的頭頂。他攀升得很高，比大孽龍還高了一百多公尺。四周的氣流形成漩渦，兩條寬大的袍袖鼓鼓有風，似乎有無窮的氣勢在積蓄。

大孽龍感覺到了威脅，抬起龍頭，向清風發出憤怒的咆哮。清風面色凝重，把手裡的三足鼎砸向大孽龍。龍嘯和三足鼎猛烈地碰撞，一時間半空頻現火光與空氣振動的波紋，附近的雲彩被撕扯成一條一條的。大孽龍似乎承受不住這樣的打擊，稍微退了幾公尺，而清風道長巋然不動。在地面仰望的天子稍微鬆了一口氣，看起來清風道長果然法力高深，比大孽龍更勝一籌。

不料大孽龍把身子一屈，再次朝著清風道長彈去。清風道長猛然直起腰來，雙手十指伸開，有一連串光束從掌心炸出來，劈向大孽龍的墨黑色鱗甲。光束是紫色的，看起來威力巨大，那一片片墨鱗在紫雷的轟炸下終於承受不住，出現了龜裂的縫隙，然後徹底剝落。大孽龍對這些損失根本不在意，它只是簡單地扭動身軀，立刻從地底又吸收上來幾縷黑霧，重新凝結成龍鱗。它向清風道長撲擊的速度絲毫未減。清風道長面色一變，連忙把三足鼎擋在身前。三足鼎綻放出七彩霞光，形成一面華麗的光盾。

大孽龍狠狠地撞在了光盾之上，巨大的衝擊力迫使清風道長的身形晃了晃，突然噴出一口血來。受此影響，那面七彩光盾變得暗淡起來。大孽龍又一次撞了上去，這一次光盾終於承受不住壓力，光彩熄滅，消失在半空中。大孽龍沒容清風道長做出什麼反應，張開大口，一下子就將三足鼎吞進肚子裡，然後龍尾一擺，「啪」的一聲把失去了法寶的清風道長狠狠地抽飛。清風道長好似一顆破敗漏氣的皮球，在半空畫出一條弧線，遠遠地朝著南方墜落。大孽龍並沒有趁勢追殺，而是抬起腦袋，朝著清風道長墜落的地方望去，那裡，是長安城。

看到自己的師尊敗北，明月的臉色終於變了。他回頭對天子說道：「陛下，請您速速還駕長安城，等一下微臣無法保證您在壺口的安全。」天子對這個有些粗魯的請求感到驚訝，他想問明月到底打算幹什麼。可明月一跺腳，徑直飛到半空，厲聲喝道：「白雲觀劍修，就位！」他的聲音不大，但傳得非常遠。只是短短的幾個呼吸後，七點流星從長安城升起，飛臨壺口瀑布上空。那正是七名馭劍飛行的劍修，他們雙手負後，面無表情，圍繞在明月周圍，結成一個北斗七星陣。

明月站在北斗大陣的中央，謹慎地掣出手中的長劍，遙遙指向正在肆虐的大孽龍。強大的氣勢從他們八個人身上升騰而起，八柄長劍都顫抖著鳴叫起來。一股來自浩瀚星海的威嚴，讓大孽龍也為之一顫。「七為北斗，八為周天。今天這北斗周天劍陣，就用你這孽畜第一個試劍吧。」明月喝道。

「哪吒，哪吒。」

哪吒從夢裡醒過來，似乎聽到什麼聲音。

「哪吒，哪吒。」

這聲音十分熟悉，有一種說不出來的親切感。哪吒揉揉眼睛，聞到四周的腐臭氣味，才想起來自己是在陰森的龍屍坑裡。

「哪吒，哪吒。」

聲音第三次響起來，哪吒這才恢復意識，回想起自己為什麼來到這裡。他抬起頭，看到一對黃玉色的瞳孔正看著自己，巨大的身軀幾乎遮擋了一半的視線。「甜筒！你復活了！」哪吒興奮地叫起來，一把抱住它的龍首，高興得不得了。那些巨龍送的鱗片果然發揮了作用。原本已經失去生命的甜筒，居然就這麼活了過來。他左摸摸，右摸摸，簡直不敢相信這是真的。頑童的笑聲在陰森的洞穴裡響了起來。

「哪吒，你先別高興得太早。」復活後的甜筒還是那種冷淡的口氣，它把哪吒叼起來，甩到頭頂，開始環顧左右。

「怎麼了？」

「你看看周圍。」

哪吒抓住龍犄角，朝四周看去。之前他把心思都放在甜筒身上，根本沒留意過，現在他才注意到，這個龍屍坑裡發生了極其詭異的變化。原本是一片死寂，現在卻響起古怪的「嘎吱嘎吱」聲，似乎是屍骨相撞的聲音。

甜筒抬起脖子，讓哪吒看得更遠，哪吒頓時倒吸了一口涼氣。白骨中的綠色幽火似乎比之前更多了，把整個屍坑照得一片慘綠。周圍堆積如山的龍骨全都無緣無故地蠕動起來，這種蠕動不是普通的震動，似乎有一隻看不見的大手在背後牽動，不斷有龍骨聚合在一起，拼接成各種怪物的形狀。有的勉強還能看出是龍的形體，有的則純粹是胡拼一氣，哪吒甚至看到有三個巨龍的骷髏頭接在了同一根脊椎骨上，然後那脊椎骨承受不住重量，「咔吧」一下折斷，整個骨架立刻散落，零件被其他怪物吸收進去。這些白骨怪物的身體在不斷完善，笨拙地搖頭擺尾，就像長安街頭那些被藝人用絲線牽引的木偶。它們的骷髏眼窩裡，多了一絲幽冥的綠火。

「這是什麼？」哪吒驚訝地問道。

甜筒神色嚴肅地說：「我不知道是什麼原因，但是這些龍的屍骨似乎都有復活的趨勢。」

「和你一樣活過來嗎？是不是受了鱗片的影響？」

「不，不能說是復活，而是被什麼負面的力量影響到了。它們的生命已經消失了，剩下的只是附在骨頭上的那股怨念。這些怨念被那種力量感召，驅動著屍骨活動——我如果沒復活的話，也會變得和它們一樣，無智無識，成為龍殭屍。」

「那是什麼力量？」

甜筒看向龍屍坑的出口，絲絲怨氣和死氣正以肉眼可見的速度聚集：「那應該是孽龍的力量，而且是比從前更強大的孽龍。我能感覺到，好濃郁的怨恨……」甜筒把爪子擱在胸口，表情有些感慨和迷茫。還沒等哪吒繼續發問，甜筒垂下頭道：「恐怕你們的長安會有大麻煩了。我從來沒感受到過如此強烈的業力。如果擁有這等業力的孽龍降臨長安，整個城市都會變得和這個龍屍坑一樣，死氣瀰漫，每個人都將成為行屍走肉。」

哪吒大驚：「怎麼會這樣?!」甜筒露出一絲嘲諷的笑容：「這就要問問你們人類了。如果他們不在壺口瀑布捕那麼多龍的話，恐怕就不會有現在的局面。」哪吒陷入沉默，這些話對一個孩子來說，實在是有些艱澀。甜筒稍微晃了晃頭，讓哪吒坐得更安穩一點：「在考慮長安之前，咱們得先解決自己的麻煩。坐好了。」在他們四周，那些白骨怪物在形體拼接完成後，都朝著甜筒和哪吒衝過來。在這個死氣瀰漫的洞穴裡，僅有的兩個活物就像黑暗中的蠟燭那麼醒目。

甜筒的龍爪一彈，整個身軀猛地撞上最先撲來的白骨怪物。它剛剛復活，還有點虛弱，但堅實的軀體不是那些脆弱腐朽的骨頭能抵擋的。那隻怪物在猛烈的撞擊下被撞成一地碎片。甜筒興奮地發出一聲嗥叫，繼續朝前衝去。這條凶猛的地龍在龍屍坑裡殺出一條大路，無數白骨碎片散落在路的兩旁。可是那些被撞碎的怪物的碎片很快重新聚合起來，變成另外一個形狀的怪物，繼續追趕著甜筒，撞之不盡。甜筒在龍屍坑裡左衝右突了半天，幹掉了幾十隻怪物，但怪物的數量變得更多。它們伸展著骨翅和骨爪，刺入甜筒的身軀，鉤住它的腿，甚至有幾次差點把哪吒抓走。

剛剛復活的甜筒終於顯露出疲態，動作變慢，甩開白骨怪物的力氣也大不如前了。一隻長著三隻爪子和五排肋骨的怪物咆哮著衝上來，甜筒勉強擺起尾巴把它打散，卻不防另一隻怪物從另一個方向衝上來，一口咬住甜筒的脖子。甜筒憤怒地搖動脖頸，哪吒拼命抓住犄角，生怕被甩出去。甜筒見無法擺脫怪物，怒極張口，一口把它咬得粉碎。可這兩個動作耽擱了太多時間，更多怪物撲了上來，把甜筒纏住，使其無法脫身。

在這個危急時刻，哪吒緊緊握住犄角大喊道：「飛啊！甜筒！你是龍啊！你會飛的！」甜筒聽到這個聲音，在掙扎中仰天長嘯，全身的新生鱗片都翹立起來，微黃的光芒從它全身綻放開來，怪物們的動作都為之一頓。就在這個瞬間，甜筒龍爪飛揚，慢慢地騰空而起。白骨怪物們憤怒了，它們咆哮著、嘶鳴著，紛紛把爪子和尖嘴朝甜筒伸去，不甘心地試圖把它抓回來，可這一切都是徒勞。它們只能在龍屍坑裡徘徊，卻永遠無法離開地面。

一龍一人，在這深邃的屍坑裡冉冉升起，很快就回到了位於坑頂的出口。「我大概是第一條從坑底飛回出口的龍吧。」甜筒望著漆黑的出口大洞，感慨萬分。

「我們逃出來了。」哪吒心有餘悸地朝下面望去，那裡已經變成了一口沸騰著白骨怪物的湯鍋。

甜筒道：「沒有戴著鎖鏈的飛翔，我已經快忘了是什麼感覺了。」

「我們快走吧。」哪吒催促道。

「去哪裡？」

哪吒看了甜筒一眼，覺得這個問題很不可思議：「當然是天空了。這裡是地下，在這裡飛根本不算是飛。你是龍，當然要在天空中飛啊。」哪吒沒注意到，他說出這句話後，甜筒的兩個黃玉色瞳孔陡然收縮，顯出複雜的神色。

此時因為大孽龍的出現，長安地龍管理部門生怕地下龍會趁機鬧事，已經宣布中止運輸，所有的龍都回到地下中樞，地下隧道裡格外空曠。甜筒對這裡十分熟悉，它載著哪吒輕車熟路地來回穿行，很快就抵達了一處地下龍站。這裡是長安城唯一一個半露天式的地下龍站。這裡附近盛產溫泉，不宜在地下施工，所以隧道到了這一站，會突然抬升到地面，經過一個露天站台。因為這個特點，該站點的布局和其他站點不同，上行和下行軌道並排在中間，站台放在兩側，上空被一個巨大的竹棚遮擋，用來避暑避雨。這裡是地下巨龍們唯一有機會看到一角天空的地方。

現在整個地下龍站都空了，沒有龍，也沒有管理人員和乘客。甜筒飛入這一站，身軀一下子挺直，雙眼直勾勾地盯著外面的世界。從前它每次到這裡，都只是匆匆地瞥上一眼，就被鐵鏈牽引著離開。如今沒有了任何束縛，甜筒發出一聲說不清是悲憤還是欣喜的嗥叫，一下騰空而去，把站台頂上那大竹棚撞破，扶搖直上九天。燦爛的陽光、清新的柔風、無拘無束的感覺，這些陌生的東西讓甜筒有些不知所措。它盡情地在天空盤旋、翱翔，拼命舞動著身體，好似一個第一次在池塘玩水的小孩子。這種久違的感覺讓它的龍血沸騰起來，全身的鱗片都舒張開來。直到哪吒高呼抓不住快要掉下去了，甜筒才如夢初醒，放慢了舞動的速度。

「謝謝你。」甜筒對哪吒說，兩道淚水不由自主地流了出來。

「很開心吧？」哪吒反問道。

「我幾乎都已經想不起來飛翔是什麼感覺了。」甜筒望向太陽，喃喃地說道。

這時一陣低沉的嗡嗡聲傳來，甜筒還沒反應過來，哪吒眉頭卻是一皺：「這是飛機的聲音！」他已經坐過好幾次飛機了，對這種噪聲很敏感。不用哪吒說，甜筒身軀一擺，靈巧地鑽入雲層，朝低空飛去。甜筒把自己藏在白雲裡，只露出一點點龍頭。哪吒抓住龍犄角，把頭探了出來。他看到，低空之下，密密麻麻足有一兩百架飛機，擺成數十個方陣朝著壺口瀑布飛去。什麼型號的都有，「貞觀」、「武德」，還有哪吒叫不出來名字的其他型號。這些飛機上掛滿了炸彈，因此只能保持很慢的速度。每一架飛機上，都畫著一隻嘴銜牡丹的巨鷹。

「天策府空軍？」哪吒喊道。

「看來人類是真急了，他們是去支援壺口瀑布的吧？」甜筒的聲音裡帶著嘲諷。在遠處，半空中不斷有光閃爍，還有黑煙瀰漫，在晴朗的天空下非常醒目。看來人類仍舊在頑強地試圖抗擊大孽龍。

「不過他們撐不了太久，那麼龐大的孽龍，人類幾乎是不可能打贏它的。」甜筒冷淡地評論道。

「幾乎不可能？這麼說還是有機會囉？」哪吒問。

甜筒看了一眼哪吒：「孽龍是由我們龍族的逆鱗和怨念形成的，擊敗它的唯一辦法，就是設法毀掉它體內的逆鱗之丹。」說到這裡，甜筒發出一聲輕嘯，這嘯聲中有欣慰，有憂慮，還有一絲幸災樂禍。「大孽龍是龍族解放的希望，我不會去阻止它。」

第十一章

把自由還給我們

「你說什麼？」哪吒簡直不敢相信自己的耳朵。

「大孽龍是龍族解放的希望，我不會去阻止它。」甜筒重複了一遍自己的話。

哪吒情緒變得激動起來：「可是它會毀掉整個長安城啊！」甜筒抬起下巴，俯瞰著天空下那一片繁華的城區，淡淡地說：「是的，它會毀掉那個將我們龍族禁錮了許多年的長安城。」

甜筒驟然感覺到哪吒抓住犄角的雙手力道變大了，看來他在試圖用這種幼稚的方式動搖自己的心意。甜筒沒有晃動頭顱，那是人類在表達無奈時才用的動作，它可沒興趣去模仿人類。它伸直了脖子，在天空繼續飛翔，連看也不看地面一眼——在過去的十幾年裡，它在大地上待得夠久了。

「這樣一來，長安城裡的人都會死啊。」哪吒不安地扭動著身軀。

「就和那些被殺死的龍一樣。」甜筒立刻回答，然後又糾正了自己的說法，「和我們這些被殺死的龍一樣。」甜筒對長安城的人類可是一點好感也沒有。那些人禁錮它、奴役它，像對待螻蟻一樣使喚它，最後乾脆把它一劍殺死，丟進像垃圾堆一樣的屍骨坑裡。除了哪吒以外，所有的人類在甜筒眼裡都是仇怨深積的仇人。對自己的仇敵，甜筒沒有主動去攻擊他們已經是無比大度了，難道還指望它對他們有什麼憐憫之心嗎？

龍頭上的小孩子沒有繼續說話，他大概也意識到這點了吧。尷尬的沉默瀰散在碧藍的天空中，無論多麼清朗的風都吹不散。甜筒忽然有些歉疚，哪吒畢竟只是個小孩子，長安城裡有他的家人，有他的朋友，作為人類的一員，看到自己的城市被毀滅，任誰也不會好受。

「也許我可以把你的家人都帶……」甜筒字斟句酌地說，可話沒說完，它突然覺得頭上一輕，然後哪吒的身影在它雙眸前畫出一條弧線，朝著地面落去。甜筒的黃玉瞳孔陡然收縮，整個身軀僵直在了半空。這可不是什麼無意的滑落，而是哪吒主動縱身躍起。它沒料到那個愛哭鼻子的小鬼居然做出這麼決絕的舉動。甜筒只愣了一下，哪吒已經跌得變成了一個小黑點。甜筒連忙抑住自己的驚駭，劃動四肢，以極快的速度朝地面衝去。可是甜筒太久沒有——或者說幾乎沒有——在天空飛翔過了，它的飛行技術還很生疏，還無法精確地駕馭風和浮力。而追上高空墜落的物體並安全接住，可以說是最高難度的飛行動作。甜筒試圖比哪吒落得更快，但每次它一加速，就知道自己快過頭了，只會比哪吒更早地摔到地上，它又不得不急忙減速。這一快一慢，耽誤了不少時間，哪吒小小的身軀已經離地面越來越近了。

甜筒眼看就要趕不及了，一咬牙，張開大嘴，發出一聲震耳欲聾的龍嘯。這聲龍嘯凝聚了甜筒全身的力量，巨大的壓力在空中形成一道錐狀波。這道波紋從側面震盪過來，讓哪吒墜落的角度稍微偏了那麼一點。與此同時，甜筒瘋狂地提升速度，幾乎像一支離弦的箭，筆直地朝哪吒衝去。就在哪吒的身軀將與地面碰撞的一瞬間，甜筒一口叼住了小傢伙的衣角，脖子一甩，把他朝天空拋去，而自己的身體因為速度過快重重地撞在地上，砸出一個扭曲的大坑。即使是龍那麼結實的身體，來這麼一下也是極大的打擊。可甜筒絲毫沒敢耽擱，它忍著劇痛迅速起身，重新浮空，把二次墜落的哪吒牢牢地抓在龍爪裡。

一人一龍輕輕地落回地面。甜筒把哪吒放下，身子一晃，差點跌倒在地，腦袋一陣眩暈，剛才那一下撞擊實在是太重了。哪吒直勾勾地盯著旁邊那個大坑，突然蹲在地上大哭起來。甜筒用舌頭把嘴邊流出的血舔乾淨，無言地站在哪吒身邊。

「我想要回長安城。我的爸爸媽媽都在那裡，玉環姐姐和沈哥哥也在那裡。我知道甜筒你不喜歡人類，可我就是人類啊，我就住在長安城。長安城如果沒了，我就沒家了，就沒地方去了。所以我一定得回去，怎麼都得回去！」哪吒一邊抽泣一邊說。甜筒無奈地看著他，這個小傢伙的脾氣倔強得很，上一次他為了幫自己解開鎖鏈，居然隻身去爬中央大齒輪柱。從那個時候開始，甜筒就知道哪吒不是個可以輕易改變主意的小傢伙。

「如果不是他這麼倔，恐怕我現在還躺在龍屍坑裡呢。」甜筒心想，不由得露出一絲笑容，旋即嘆了口氣，對哪吒說道：「好吧，你不要哭了，我這次會幫你，就當是回報你的恩情。」

「真的嗎？」

「只限這次。」

哪吒擦擦眼淚，欣喜地抱住甜筒的腿。他突然意識到自己的態度轉變得太快了，不好意思地看了一眼甜筒：「剛才真的嚇死我了，我還以為我會死掉呢。」

「下次不要再做這麼危險的事了。」甜筒用指甲的尖端在哪吒頭上擦了擦，跟這個小傢伙混久了，自己的行為也開始變得像人類了。

哪吒抬起頭：「那麼，你會告訴我們消滅大孽龍的辦法嗎？」

甜筒的神情重新變得嚴肅起來：「在擔心大孽龍之前，你們人類還是先擔心另外一件事吧。」

「什麼事？」

「龍屍坑。」

天子從壺口瀑布安全地返回了長安城。雖然壺口瀑布現在已經亂成一團，但天子有自己的緊急撤離通道。在白雲觀道士和御林軍的嚴密保護之下，天子的鑾駕有驚無險地進入長安城的皇城。天子記得撤離前的最後一幕，是白雲觀的劍修發動了北斗周天劍陣，即將與大孽龍展開正面對決。

皇城裡此時也已經陷入惶恐不安。四邊的大門全部緊閉，城牆上到處有手持弩機和長劍的士兵。內侍和文官們懷抱著各種文書在寬闊的廣場上來回奔跑，不時有人跌倒，被衛隊長和武官匆忙扶起來。還有一些妃子和皇親國戚聚集在一起，面帶驚恐地交談著，他們認為皇宮是最安全的地方，但現在看起來也不是那麼保險了。

天子坐在晃晃悠悠的鑾駕裡，沮喪地閉上眼睛，絕望的情緒在心中滋生。他可沒想到局面會變得如此糟糕，不由得對清風道長多了一絲怨恨。之前是他信誓旦旦地拍著胸脯說絕對不會有大孽龍，現在反而出了一條最大的孽龍。長安城自建立後，還從來沒碰到過這麼大個的妖物，這對天子來說，實在是一種巨大的嘲諷。可是天子不能在公眾場合露出任何動搖的情緒。他是一國之君，他的膽怯、他的驚慌和恐懼，會被臣民放大十倍，讓整個長安城陷入極度動盪。天子記得他登基前的最後一夜，父皇是如此訓誡他的：「長安是天子的意志，天子是長安的命運，你們兩者共為一體。這是你的權柄，也是你的責任。」

天子想到這裡，鬆開幾乎被咬破的嘴唇，把手伸進懷裡，握緊刻不離身的玉璽。它是長安城和自己的紐帶，時時提醒著自己。「我一定要鎮定，鎮定。」天子對著馬車裡的鏡子說。這時鑾駕突然停住了，先是護衛的大聲怒斥，然後是急促的腳步聲。一名內侍在馬車外大聲道：「啟稟陛下，尉遲敬德求見。」

「尉遲敬德？他是天策府的指揮官，這時候難道不該在壺口和長安城之間布防嗎？他怎麼敢擅離職守，跑回城裡來？」天子有些不滿地想，可還是一揮手，讓內侍打開馬車的門。尉遲敬德半跪在馬車旁，他身披重甲，臉色嚴峻。

「尉遲將軍，你是來向我匯報前線戰況的嗎？」天子借這個問題淡淡地表達自己的不滿。

尉遲敬德摘下自己的頭盔：「不，陛下，是關於長安城內的。」

「哦？」天子眉毛一抬。

「現在長安城面臨著巨大的威脅，請陛下盡快下詔疏散百姓。」

天子從鑾駕上直起身來，臉上怒氣愈盛：「是誰要趁火打劫？」

「不，不是人類。」尉遲敬德急忙糾正，他的額頭開始有汗水沁出來。「是龍。」

「龍？你是說在地下的那些龍？」天子現在對這個名字非常敏感。

「準確地說，是它們的屍體。」

聽取了尉遲敬德的簡短匯報，天子才大體搞清楚長安城出了什麼事情。一直用來棄置龍屍體的龍屍坑，不知什麼原因，裡面的龍骸骨都復活了。這些可怕的東西拼接成形態各異的怪物，從坑底攀上棄置口。最先發現這個異狀的是附近的一個地下龍的管理人員，他們派了保安去調查，結果全軍覆沒。等到管理局的人覺察到事情不妙通知城防部隊時，這些龍形的殭屍已經徹底失去控制，順著四通八達的通道朝著長安城蔓延，數條龍和幾百名居民遭到攻擊，管理局不得不下令封鎖各個站點。

「我軍主力全都布置在壺口瀑布和長安一線，留在城裡的部隊很少。那些龍骸骨突破地龍驛爬到地面上，相信只是時間問題。」尉遲敬德毫不隱諱地把最糟糕的情況說出來。

天子鐵青著臉道：「這一切都和大孽龍有關？」

「臣以為可能性很大。」

「龍殭屍到底有多少？」

「根據阻擊部隊的報告，這些龍殭屍很難被殺死。它們每次被打散之後，骸骨都會重新組裝，可以說是源源不斷。」

「那我換個問法，龍屍坑裡有多少屍體？」

「自有地下龍體系以來，每次死去的龍都會運到那裡去。我查過地下龍管理局的資料，少說也有幾百條。」

天子「撲通」一下坐回到鑾駕上——其實說摔回到鑾駕上更為準確——全身軟綿綿的，沒有一絲力氣。長安城的部隊都在拼命阻擊巨龍，根本沒有足夠的人手來應付這種事。他覺得自己沒有別的選擇，只能宣布放棄長安城。可是長安城裡有那麼多百姓，倉促之間根本無法全部疏散。難道長安城只能在被孽龍毀掉和變成殭屍之國兩者之間做一選擇嗎？天子心想。

「還請陛下盡快離開長安，晚了可就無法出去了。」尉遲敬德說。

天子艱難地轉過頭，他還沒做出決定，突然聽到一陣急促的鐘聲。鐘聲來自西邊的城頭，這說明有敵人從那個方向入侵皇城了。尉遲敬德聽到鐘聲，眉頭一皺，抽出佩刀護衛在天子身旁，大聲對身旁的衛兵說：「護駕！絕對不能讓龍骸骨這麼快就攻過來！」可他立刻就知道自己錯了，城頭的士兵高喊著，聲音通過一個特殊裝置響徹整個皇城：「天空，敵人來自天空！」所有人都抬起頭，他們看到一個巨大的黑影從天空盤旋而至，儼然是一條龍的形狀。「是大孽龍！」有人驚叫起來。

可是這黑影沒有大孽龍那麼大，只是普通地下龍的大小。尉遲敬德在經過短暫的驚慌後，很快就恢復了鎮定：「弓弩手集合，朝天連射！快把皇宮裡那幾門防空炮調過來！只是一條龍殭屍而已！」御林軍畢竟是訓練有素的軍隊，他們按照尉遲敬德的吩咐，有條不紊地開始布防。一條龍還不足以讓他們亂了陣腳。天子被幾名內侍推著縮回馬車裡，他可不能冒這個風險。

龍的黑影越來越近，眼看就要進入射程了。一個小孩子的聲音從半空傳來：「不要打！不要打！是我！我是哪吒！」

哪吒？尉遲敬德的神色有些疑惑，很快他就否定了自己的想法。這一定是那些龍殭屍的詭計！他舉起手來，大聲道：「聽我的命令，準備——」龍彷彿覺察到人類的敵意，一下子提升了高度，飛到弓箭夠不到的天空，不停地圍著皇宮盤旋。

「可惡……如果天策府不是全體出動的話，只要一架飛機就夠了。」

「尉遲將軍，等一下！」一個女聲從旁邊傳來。尉遲敬德不滿地轉過頭去，想把那個干擾自己指揮的人抓出來。他看到玉環公主從那一群皇親國戚裡站出來，她穿著一身短裝，扎著馬尾辮，腰間還掛著一把寶劍，那雙被譽為長安最漂亮的大眼睛正瞪著自己。

「玉環公主，請你不要打擾我護駕。」尉遲敬德怒氣沖沖地說。玉環毫不示弱：「您沒聽到嗎？那是哪吒的聲音啊，李靖大將軍家的公子！」尉遲敬德面無表情地回敬道：「我看到的是一條巨龍試圖闖進皇城。」

「那條龍是地下龍，名字叫甜筒。我見過它，它很溫馴，對人類是無害的！」

尉遲敬德搖搖頭：「天子在側，我可不能冒這個險。」今天出乎意料的事情太多了，他可不想再多一件。那條龍到底有什麼意圖，哪吒到底在不在，這些事情都不重要，他要做的就是把一切可能危及天子的風險都降到最低。尉遲敬德相信，李大將軍如果在場，會和他做出同樣的決定。

玉環見尉遲敬德不為所動，情急之下跑到鑾駕前，對著天子叫喊道：「陛下，請你下令不要射擊！他們現在要進入皇城，一定是有重要的事！」天子掀開簾子，疑惑地看著她。玉環想要靠近，卻被侍衛死死攔住。

「這麼說，這條叫甜筒的巨龍，就是你之前跟我提及的那條？」

這時隆隆的聲音傳來，三個梯形鐵台從臨時鋪設的軌道上被士兵推到廣場上來，每個鐵台上都豎著三根狹長的炮管，炮管被塗成黑色，在陽光下閃著恐怖的光芒。這是保衛皇宮用的防空炮塔，每次可以把十五張符紙或弩箭送上一百丈的高空。三個炮塔齊射，足以把皇宮上空的任何生物都送進地府。因為太平日子過得太久了，這些武器都被鎖在倉庫裡，要不是尉遲敬德，都沒人想起還有這種防守的利器。士兵們跳進炮塔，開始調校角度。炮筒來回擺動，缺乏潤滑的齒輪發出可怕的聲音。天空的巨龍還在一圈一圈地盤旋，它的高度足以避開弓弩，卻在炮塔的射程內。只要炮塔設置好，它就要為自己的無知付出代價了。

玉環眼中閃過一絲厲芒，身形一轉，突然出手。侍衛沒料到她居然真的動手，被打了個猝不及防，三個人幾乎在一瞬間倒在地上。玉環趁機從缺口衝進去，靠近鑾駕。

「玉環，不要胡鬧，衝撞鑾駕是大罪。」天子拍著窗邊，訓斥道。

「陛下！您忘了我之前的警告了嗎？」玉環喊道。

天子一愣，隨即想了起來。玉環之前特意進宮勸過他，警告他還有大孽龍沒消滅。當時天子不以為然，可現在回想起來，玉環還真沒說錯，她早就預言了這種情況。不，不是她的預言，是她講了一個故事，好像是和李靖家的公子，還有一條地下龍有關，那條龍叫什麼名字來著？「甜筒。」玉環脫口而出。天子點點頭，他想起來了。甜筒，那條警告說大孽龍仍舊存在的龍。玉環趁熱打鐵：「現在天上飛的那條，就是甜筒。它很溫馴，不會傷害人類。它和哪吒這麼急切地跑來皇宮，一定是有重要的事情。」

「我記得它已經被明月抓住處死了，對吧？」天子關於甜筒的記憶變得清晰起來。這條龍在第一條大孽龍出現的時候，狂性大發，被白雲觀的明月抓住，判處死刑。

「是的，就是它！」玉環滿懷希望地回答。

「可它現在還在天上飛得好好的。」

玉環不知道哪吒後來跑去哪裡了，她也對甜筒的復活感到不可思議。天子的臉一板：「無論它原來有多溫馴，既然死而復生，就說明它和地下肆虐的龍殭屍是同一種怪物，怎麼能讓它進入皇城呢？」玉環沒想到自己的解釋起到了反作用，一時語塞，不知道該怎麼說了。這時尉遲敬德已經調試好了防空炮塔，準備對天空發射。玉環抓緊胸口，絕望地閉上了眼睛。

「快看！」一名宮女指著天空尖叫道。碧空之上，一個小黑點離開了龍背，朝著地面墜落下來。看這黑點的形狀，似乎是一個人形，而且年紀不大。「哪吒？」玉環無比驚駭，這麼高的地方，他跳下來就只有死！「不要射擊，不要射擊！」尉遲敬德也對眼前的局勢感到迷惑了。只有哪吒跳下來的話，他可不敢隨便開火。黑影跌落了一半的高度，突然在半空懸停住了。玉環再仔細一看，看到哪吒雙腳各踏著一片龍鱗。龍鱗即使脫離了本體，也能聽從使喚，何況哪吒體內還有一顆龍珠。

哪吒在所有人驚訝的注視下，足踏龍鱗緩慢地降落到地上，毫髮無傷。他顧不得跟玉環打招呼，一溜小跑跑到天子的鑾駕前，衛兵們沒法對這麼小的孩子動手，紛紛把探詢的目光投向天子。天子揮揮手，表示並不在意。「陛下，我帶來了解決龍殭屍和大孽龍的辦法，但是我需要您的配合。」哪吒仰起臉，一本正經地對至高無上的君王說道。

「哦？」天子眉毛一抬，很久沒人這麼直截了當地跟他說話了。

「長安城裡還有一支大軍，可以阻擋龍殭屍。」

天子急忙問道：「在哪裡？」

「那些地下龍。」哪吒信心十足地說。

「地下龍？」天子的目光一凜。

「是的，沒人比它們更熟悉長安的地下通道，也沒人比它們更熟悉同類的屍體和弱點。如果天子准許它們出擊的話，龍殭屍便可以很快被肅清。」

天子眯起眼睛：「可這是有條件的吧？」

「是的，我需要陛下您的玉璽，去解開中央大齒輪柱上的鎖鏈，把自由給予所有的龍。然後承諾再也不奴役它們，給它們永遠的自由。這樣，它們就會為我們而戰。」

周圍的人同時倒吸一口涼氣，心想童言無忌，這小傢伙還真敢說啊。旁邊的尉遲敬德忍不住說道：「陛下，不可啊！玉璽是長安城的中樞鑰匙，中央大齒輪柱是長安地龍的運作核心，這都關係到長安城的安全啊！」天子微微露出苦笑，轉頭看向壺口瀑布的方向：「尉遲將軍，你覺得現在長安城還有安全可言嗎？」尉遲敬德一時語塞，半天才囁嚅著道：「可這畢竟是幾百條龍，鬆開鎖鏈，萬一它們狂性大發的話……」

「不會的，它們都是我的朋友！」哪吒用清脆的聲音反駁道，然後朝天空一指，「甜筒是我的朋友，其他的龍也是我的朋友，朋友是不會害朋友的。它們想要的，只是自由而已！它們只是希望像甜筒一樣，能自由自在地在天空飛翔！」

「你一個小孩子，懂什麼！」尉遲敬德想開口訓斥，卻被天子攔住了。

「尉遲將軍，如果我們不放開這幾百條龍，能夠阻止龍殭屍向城內蔓延嗎？」

「呃……我會盡力。」

「我問能，還是不能？」

「……不能。」尉遲敬德的臉都漲紅了。

「那麼，多這幾百條龍鬧事，對我們來說又有什麼區別呢？如果朕答應了，如果這個孩子沒有撒謊，那麼我們還有機會翻盤，這個險朕還是能冒的。」

「可是……」

「不必再說了，這是朕的決定。」天子說到這裡，仰天嘆了一口氣，「萬一真的出了事，朕會親自去地府向列祖列宗解釋。」天子的眼神表明這是最終的決定，尉遲敬德只得彎腰表示遵從。天子從懷裡拿出玉璽來，遞給哪吒。他看到哪吒亮閃閃的眼神，不禁想到自己年少時。那時候的他，也對許多事情懷有信心。後來當了太子，每一個人都告訴他，你是未來的天子，行事要謹慎，說話要慎重，一定要思慮周全。自那以後，這種魯莽大膽的決定，他再也沒做過。

「你可要小心保管，用完還給我。」天子叮囑道。哪吒小心翼翼地接過玉璽，一拍胸脯，表示絕對不會把它弄丟。「把你的朋友叫下來吧，我也想見識一下。」天子抬起頭，對尉遲敬德做了一個手勢。尉遲敬德還想勸勸，可還是放棄了，吩咐把炮塔的炮筒放下來。甜筒謹慎地降落在皇宮前的廣場上，傲然地睥睨著眼前的人類。天子不習慣被居高臨下的眼神看著，他開口道：「我會給予你們自由，你會幫我們，對嗎？」

「你說錯了，是把自由還給我們。」甜筒糾正他的說法。

天子沒有生氣：「大孽龍的誕生，就是你們被禁錮、被奴役的怨念凝結而成的，對吧？」

「沒錯。你們人類的貪婪，才是這次劫難的根源。」甜筒可沒興趣討好人類的君主。

天子沉思片刻，雙手向甜筒恭敬地一拱：「朕知道了。懇請……呃，甜筒先生能夠不吝援手，拯救長安百姓，擊退孽龍。一切罪責，皆由朕一人承擔。」這個出乎意料的舉動讓甜筒頗為吃驚。它擺動尾巴，避讓開天子的施禮。

「我們不打算找任何人的麻煩，只要自由就夠了。」

天子露出微笑：「哪吒會帶著玉璽去解開大齒輪柱的鐵鏈，希望為時未晚。」

「你能做出這種決定，我很欽佩。」甜筒垂下頭顱，學著人類鞠躬的模樣。天子忍不住笑起來，雖然長安城裡有幾百條龍，但能讓一條龍心甘情願地鞠躬，這讓天子的虛榮心得到了極大的滿足。誰也沒注意到，在皇城一處不起眼的角落裡，一雙憤怒的眼睛正盯著這一切。

第十二章

大孽龍

「甜筒，你是不是瘋了？」趴在龍坑裡的這群巨龍全都瞪大了眼睛，昂起碩大的頭顱，用懷疑的眼神望著飄浮在半空中的甜筒。

得到天子的准許後，甜筒和懷揣玉璽的哪吒重新潛入地下通道，利用對地形的熟悉繞開肆虐的龍殭屍，來到中央大齒輪柱下的龍坑。那些巨龍正在惶恐不安地議論著地面發生的事情，甜筒和哪吒把它們召集到一起，把和人類合作的計劃說給每一條龍聽，這在龍群裡掀起軒然大波。

「人類真的值得信賴嗎？」雷公第一個發出質疑。

「也許又是一個什麼奴役我們的新花樣。」另外一條龍說。

「沒錯，我聽說龍復活以後，腦子會變得不一樣。」第三條龍附和道。

「再怎麼說，孽龍也是我們龍族的產物，它和人類廝殺，跟我們有什麼關係啊？」

饕餮最後做出結論：「甜筒，你一定是在復活的時候，腦子沒完全恢復。」

甜筒對同胞的這種反應並不意外，它完全能夠理解它們的心情。等到大家都發表完意見，甜筒轉動著黃玉色的眼睛，平靜地回答：「我很正常，而且我也不是為了長安城的人類，而是為了哪吒。」大家把目光匯聚到甜筒頭頂上的哪吒身上。哪吒直起身子，用力地晃了晃拳頭，什麼都沒說。巨龍們都知道，如果人類中只有一個人可以相信的話，那麼就是這個小傢伙了。如果沒有他冒死闖入龍屍坑，那麼甜筒現在已經變成龍殭屍了。饕餮還情不自禁地舔了一下嘴唇，似乎在回味哪吒帶來的零食的味道。

龍坑裡一時陷入沉默。雷公忽然喊道：「就算你們說的是對的，我們也無能為力啊。」它用爪子鉤了鉤束縛在身上的鐵鏈，發出嘩啦嘩啦的聲音。這些粗大的鐵鏈將巨龍與中央大齒輪柱緊緊地連接在一起，一刻都沒有鬆開過。哪吒從懷裡取出那枚華麗的玉璽，展示給所有的巨龍看：「我已經和皇帝談過了。他允諾把自由還給你們，來換取你們清除龍殭屍的幫助。我把玉璽帶來了，馬上就可以為你們鬆開鎖鏈。」

巨龍們沒有一起歡呼，它們疑惑地互相對視，眼神茫然。它們幾乎從成龍那一刻開始，就與鎖鏈為伍，難以想像脫離鎖鏈是什麼樣的感覺。甜筒略帶哀傷地看著自己的同胞，在半空盤旋了一圈，低沉的聲音響徹整個洞穴：「這意味著什麼，你們還不知道嗎？從此可以任意在天空飛翔，不必再被任何東西束縛。你們可以離開這個陰暗狹窄的地穴了！我們，自由了！」巨龍們這才意識到其中蘊藏的意義，不由自主地大聲吼叫起來，吼一次不夠，還要昂起脖子，挺起胸膛，痛痛快快地吼上好多次。有的龍淚流滿面，有的龍雙目放著異彩，它們心中差不多已完全磨滅的對自由的嚮往重新燃燒起來。幾百條龍一起昂首長嘯，這場景何等驚人，整個穹頂都被震得簌簌抖動。

「我們開始吧。」甜筒對哪吒說。哪吒「嗯」了一聲，把玉璽平托在手上。甜筒擺動著身軀，朝著中央大齒輪柱飛去。

中央大齒輪柱仍舊默默地轉動著，無論外界局勢如何變化，都無法影響到它的運作。鉸鏈「咔咔」作響，金屬閥門鏗鏘碰撞，不時有蒸汽從某一根管道噴瀉而出，化為幽暗地下的一朵白雲。

哪吒很快就看到了那間屋子。他曾經來過這裡一次，還差點摔死。那個房間方方正正，鎦金的大門上鐫刻著一條五爪金龍和一朵牡丹花，通過密密麻麻的管線和機關與大齒輪柱相連。在大門的左側，鑲嵌著一塊巨大的水晶石。水晶石暗淡無光，上面有一個矩形凹槽。哪吒從甜筒身上跳下來，把玉璽抱在手裡，走到水晶石前比了一下，發現玉璽恰好可以放進凹槽裡。他回過頭興奮地對甜筒說：「接下來，只要把玉璽放進這個凹槽，鎖鏈就會解開，大家就自由了。」甜筒的表情看起來非常驚愕，哪吒不知道它看到了什麼。這時，身旁一個冷冷的聲音傳來：「無知的娃娃，你以為我會允許你做這種蠢事嗎？」

哪吒悚然一驚，連忙轉過頭來，看到一個人擋在了水晶凹槽前。是清風道長！但這個清風道長，已經不是那個仙風道骨、從容鎮定的清風道長了。他的髮髻已散，雪白的頭髮亂糟糟地披在肩上，道袍被撕扯成一條條的破布，臉上黑一道、白一道，看起來異常狼狽。

哪吒和甜筒不知道，清風道長是被大孽龍從壺口瀑布上空硬生生打飛到長安城裡來的。如果換作普通人，早就屍骨無存了，幸虧清風道長功力深厚，居然奇蹟般地活了下來。清風道長墜落的地方，正好是皇宮廣場附近的一個角落。他受傷極重，根本無法出聲求救，只能躺在那裡讓自己的真元慢慢恢復。清風道長修煉了這麼多年，還是第一次敗得如此狼狽，愧疚、惱怒、驚駭的情緒流淌過他的腦海，但最終占據上風的是責任感。他是白雲觀的觀主，整個長安城法力最為高深之人，如果他躺在這裡萎靡不振，整個城市就會完蛋。

「混蛋，我可不能這麼待下去了！」清風道長感覺自己差不多恢復了兩成實力，強行要求自己站起來，朝廣場上望去。在那裡，他恰好聽見天子在廣場上和哪吒、甜筒的談話。談話的內容讓清風道長非常震驚，放開所有的巨龍？讓它們協助保衛長安城？這簡直是亂來！簡直是胡鬧！清風道長怒氣攻心，顧不得去找天子，勉強支撐起身體，尾隨哪吒鑽進地龍驛，來到中央大齒輪柱前。

「你知道你在做什麼嗎？」清風道長的雙目都快燃燒起來了，「中央大齒輪柱是整個長安城的基石，把它的鐵鏈鬆開，地龍系統就全毀了。」

「這是天子的命令！」哪吒大喊，他手執玉璽，朝前逼近。

「天子也是個糊塗蟲！真正珍惜這座城市的，只有我們白雲觀——把玉璽給我！」清風道長毫不避諱地喝道，他把手裡幾乎掉光了毛的拂塵揮了一揮，一股強大的力量湧出，像暴風一樣吹過平台，哪吒差點摔下去。哪吒不明白這個固執的老頭到底是怎麼想的，現在龍殭屍在長安城肆虐，明明鬆開鎖鏈，讓巨龍肅清龍殭屍是唯一的解決辦法。他口口聲聲說珍惜長安，怎麼連這點道理都看不透？清風道長看透了哪吒的心思，冷笑道：「非我族類，其心必異！這些龍都是畜生，是工具，人和畜生怎麼可以同進退？白雲觀開觀幾百年，可不會容許被這些孽畜玷污了仙名。」哪吒聽到這句話，也生起氣來。他抱緊玉璽，氣勢洶洶地大叫道：「不許你這麼說我的朋友！」

「李家的子弟，都是這麼沒教養……」清風道長話音未落，身子突然朝右邊閃了一下，堪堪避過甜筒橫掃過來的龍尾。原來是甜筒趁哪吒與他對話，想抓住機會偷襲。甜筒一擊未得手，又張開大嘴，吐出一串高速壓縮的聲波。哪吒身懷龍珠，不會受影響，如果是普通人，就會被龍嘯當場震懾，僵在原地不動。哪吒見甜筒發出龍嘯，一貓腰，抱著玉璽就朝凹槽跑去。可惜他跑到一半，一根憑空出現的樹藤突然纏住了他的腳踝，讓他摔了個大跟頭。玉璽落在地上，翻了幾個滾，然後被一隻蒼老的手撿了起來。甜筒急忙撲了過來，卻一下子被兩團火球擊中，身子驟然扭曲。

清風道長把高抬的右臂重新放下，掌心還有青煙裊裊。他雖然受傷極重，但法力深不可測，不是這一條龍和一個小娃娃能抗衡的。他懷抱玉璽，冷冷地掃視著對面的兩個生物：「你錯了，天子也錯了，你們都錯了。你們根本不聽我的，長安城只有我是對的，只有我能拯救他們！」說完這句話，清風拂塵一揮，跳上一柄飛劍，很快就消失在洞穴的黑暗中。

甜筒慚愧地垂下頭：「對不起，我沒保住玉璽。」哪吒搖搖頭：「清風道長太強大了，不是我們能夠對付的。」

「那麼現在我們怎麼辦？」甜筒問。玉璽不在，就無法開啟這間屋子。不打開這間屋子，就沒辦法替那些巨龍鬆綁，巨龍不恢復自由，就無法驅逐龍殭屍，整個長安城的人只能坐以待斃。哪吒意外地沒哭鼻子，他皺著眉頭，眼睛盯著腳尖，一句話也不說。甜筒在他身邊無言地盤旋著，擔心這件事對他打擊太大。哪吒突然抬起頭，眼睛裡閃動著異樣的神色。

「甜筒，我想到一個好辦法。」

「嗯？」

「我以前經常跟父親出去打獵，看到他們捉鳥是用一張巨大的網罩，從天而降，一下子把一大群鳥都罩住。那些鳥很驚慌，四散而逃，可誰也逃不出去。可有一次，我看到一群鳥被大網罩住以後，它們一起朝著一個方向飛去，那張大網很快就被撕扯開來，大家都跑掉了。」

「你是說……」甜筒在這方面有點遲鈍。

哪吒一下子跳到甜筒背上，興奮地揮舞著手臂：「這裡有幾百條龍，如果大家齊心協力，一起拉扯，肯定能把中央大齒輪柱拽倒，那不就等於鬆綁了嗎？」甜筒眼睛一亮，這確實是一個好計策。龍族的龍我行我素慣了，像這種整齊劃一、高度組織化的行動，只有哪吒這樣的人類才能想出來。它不由得垂眼重新端詳了一下這個小傢伙：「你真是個與眾不同的人。」

「你也是呀。」哪吒微笑著回答。

他們飛快地飛回龍穴，把事情的原委說給巨龍們聽。巨龍們對清風道長的行為紛紛表示憤怒，饕餮大聲咆哮，威脅說以後有機會一定要嘗嘗白雲觀道士的味道。緊接著，甜筒把哪吒的計劃向所有巨龍做了說明。巨龍們聽了以後，覺得很新奇。雷公憂心忡忡地問道：「這樣能行嗎？中央大齒輪柱是多麼堅固的東西啊，光憑我們的力量，有辦法把它扯倒嗎？」

「不試試怎麼知道？我們沒有別的選擇。」甜筒停頓了一下，又把聲音提高，「其實這對我們來說，是一件好事。」巨龍們迷惑不解地看著它。「不是嗎？我們被束縛得太久了，已經忘了我們可以飛翔，也忘了我們其實是無比強大的。我們是龍族啊，是這世界上最強大的生物，是最驕傲的生物。用玉璽鬆開鐵鏈，那是人類的皇帝賜給我們的自由。而如果我們親自動手，自由則是我們自己爭取來的。我們擁有如此強大的力量，難道還用等著別人來賞賜我們自由嗎？」甜筒的一席話，讓巨龍們都興奮地吼叫起來，紛紛表示聽它的。

這時，梅花斑提出了一個疑問：「可鎖鏈的伸縮都是按照班次排列的，有長有短，次序不一，我們很難在同一時間一起發力啊。」這個技術上的障礙，讓巨龍們沉默了。

地龍系統的運作，完全是依靠大齒輪柱的鐵鏈伸縮來完成的，鐵鏈伸出，巨龍開始發車；鐵鏈縮回，巨龍開始回庫。依照班次不同，每一條巨龍的鐵鏈伸縮規律都是不一樣的。於是這就陷入一個悖論，巨龍如果不鬆開鎖鏈，就無法拉倒大齒輪柱，如果不拉倒大齒輪柱，就無法鬆開鎖鏈。對於這個問題，哪吒也沒什麼好辦法。他拼命地想啊想啊，但這對一個小孩子來說，難度實在是太大了。哪吒很著急，因為每耽誤一刻，就會有更多的龍殭屍湧出地面，對長安造成更大的傷害。

這時一個女聲從旁邊傳來：「這個問題就交給我們吧！」甜筒和哪吒一看，說話的居然是玉環公主。她站在龍穴的維修通道口，雙手叉腰。玉環公主換了一身藍色短裝，看起來英姿颯爽。而且她不是一個人，身後還站著黑壓壓一大群人。哪吒注意到，站在最前頭的是利人市驛的站長，另外還有十來個同樣裝束的人，估計是其他站點的負責人。人數最多的，是一群頭戴方帽、身穿綠衣的工人。哪吒記不清了，可每一條巨龍都知道，這些工人是負責照顧它們的清潔工，每天都會給它們清潔鱗片、提供肉食。這樣一群人湊到一起，巨龍們覺得很新奇。他們平時與它們的交集只限於工作期間，也沒什麼交談的機會。但如果說熟悉的話，他們大概是巨龍們每天接觸次數最多的人類了。

「我奉天子的命令來協助你們。」玉環公主走到哪吒身邊，一指身後的人群，「這些人也表示想要盡一份力。」

甜筒居高臨下地問道：「你們不怕我們嗎？」

哪吒把甜筒的話翻譯過去，利人市驛的站長走出來，矮胖的身子有點畏縮，脖子卻挺得筆直：「我們都是自願過來幫忙的，我每天都注視你路過利人市驛至少五次，你是所有龍裡最準時的一條。你被白雲觀的道士襲擊時，我就在旁邊看著，我相信你沒有任何危害人類的心思，可惜我人微言輕……」說到這裡，他有些慚愧地抓了抓頭髮，「所以希望能夠親自向你道歉。」

甜筒的目光從他頭頂掠過，落到那群清潔工身上：「你們也不怕我們恢復自由嗎？」

清潔工們發出豪放、放肆的笑聲：「我們每天都為你們清潔身體，怎麼會害怕呢？說實在的，在這個危急時刻，還是你們這些朝夕相處的伙伴更值得信任啊。」

巨龍們發出沉沉的低吼，不用翻譯，所有人都能聽懂，那是一種得到認同的感動。

哪吒看看時間，急忙道：「玉環姐姐，那你們打算怎麼辦？」玉環指了指站長：「讓專業人士來說明吧。」利人市驛的站長擦擦額頭的汗水，開口道：「中央大齒輪柱有一個總調度室，它無法打開鐵鏈，但可以對鐵鏈的運行進行微調。每年春節，地龍系統都會重新制定運行表，就是用總調度室進行調整。這是件很難的事情。」

「有辦法總比沒辦法好！」哪吒催促道。

「事情沒那麼簡單。」站長說，「這裡有幾百條巨龍，鐵鏈的分布交錯極其複雜，角度隨時在變化，動一條就要牽動幾十條，需要大量的計算，才能得出讓所有鐵鏈保持向同一方向產生拉力的角度。但是，這種狀態只能持續半炷香的時間，而且無法重現。換句話說，能夠讓所有巨龍一起發力產生效果的機會，只有半炷香的時間。如果我們失敗，將不會再有調整的機會。」周圍無論是人還是龍都陷入了沉默。這種動作讓天策府的飛行機師們來做，輕而易舉。但巨龍是些懶散、欠缺組織性的生物，讓它們在這麼短的時間內一起發力，動作整齊劃一，不能有任何誤差，這可太難為它們了。

玉環公主說：「我有一個辦法，只是要看巨龍們的態度了……」哪吒一下子跳起來，興奮地晃動拳頭，催促玉環說下去。玉環指著清潔工們說：「如果巨龍們肯讓他們爬到頭上去，每一條龍都配上一個人。這樣我們只要指揮人類，就可以迅速把指令傳給每一條龍。」

「就像飛行員和飛機一樣，對嗎？」

玉環點了點頭。

「好棒！居然可以想到這樣的辦法，不愧是沈大哥的知己！」哪吒歡呼起來，周圍的人紛紛把目光投向玉環，心裡在想那個幸運的沈大哥到底是誰。玉環臉紅得幾乎被燒透，只得恨恨地踢了哪吒一腳。甜筒問了巨龍們，大家都沒表示什麼反對意見。背上爬人對驕傲的龍族來說，是不可接受的，但在這裡的巨龍每天都要被幾千人次的長安市民攀到身上，早就麻木了，所以對於背清潔工絲毫不覺得為難——何況人家是為了龍族的自由而戰。

計劃確定以後，那些站長一起跑進中央大齒輪柱另外一個側面的總調度室。沒過多久，總調度室上方的蒸汽計算器開始發出巨大的轟鳴，大量蒸汽噴湧而出，還伴隨著「呼哧呼哧」的槓桿運動和閥門開關的聲音。看來計算量相當大，隱約有紅光從鍋爐裡閃過。隨著總調度室的計算器轟鳴，巨龍們感覺到鐵鏈也開始變化，有些伸長，有些縮短，有些還間歇性抖動。在哪吒眼中，這就像是一隻看不見的手在玩一個極其複雜的大魔術方塊，不斷轉動。

當然，清潔工們也沒閒著。他們在玉環公主的指揮下，一一爬上巨龍的頭頂，找一個既方便跟巨龍交流，又方便看到信號的位置。雷公很挑剔，選了半天都沒選中合適的操作者，最後還是饕餮強行把一個胖胖的傢伙叼過去，它才勉強接受，還不忘警告那個胖清潔工不許放屁。瘋狂的計算持續了半個時辰，原本盤結糾纏的鐵鏈居然慢慢分開了，就好像蜘蛛網被一絲絲解開的樣子。鐵鏈發出「噹啷」的聲音，有的伸，有的縮。很快，所有巨龍都感覺到鐵鏈的長度在趨同。隨著一聲巨大的「咔」聲響起，所有的鐵鏈都凌空挺直，如同無數黑色的平行線集中在中央大齒輪柱朝向龍穴的一側。站長滿頭大汗地從總調度室裡跑出來，雙手做出一個確定的手勢，同時舉起一塊木牌，上面寫著「壹佰」兩個字，意思是從現在開始倒數，如果木牌上的數字數到零之前，還不能拽倒中央大齒輪柱，那麼他們就一點機會也沒有了。玉環公主毫不猶豫地敲響手裡的一口小銅鐘，大喊一聲：「起！」

一幅無比壯觀的景象在哪吒面前顯現，許多年後，哪吒仍舊記得當時的樣子。幾百條巨龍，背負著幾百個人同時騰空而起，掀起強烈的氣流。遼闊的地下空間一下子變得狹窄無比，哪吒眼前密密麻麻都是巨龍的身軀和繃直的鐵鏈，活力與焦慮的情緒在穹頂來回碰撞。即使是在外面的天空，恐怕也不曾有過這麼多條龍齊飛的奇景。騎在龍頭上的清潔工仔細地觀察眼前的鐵鏈，確保巨龍拉動鐵鏈的角度和力度沒有錯誤。當牌子翻到「捌拾壹」的時候，最後一名清潔工點起火把，表明自己已經就位。整個過程有條不紊，全虧了玉環公主的調度和指揮。玉環公主沒有絲毫猶豫，連續兩次敲響銅鐘。鐘聲在一瞬間傳遍整個地下空間，清潔工們伏在巨龍耳邊發出指令，巨龍們齊聲發出咆哮，身軀整齊劃一地朝後飛去。它們與大齒輪柱之間的鐵鏈驟然繃緊，被拉扯得筆直，鐵鏈的環扣之間發出低沉的金屬摩擦聲。

中央大齒輪柱從來沒有在同一方向承受過如此大的拉力，柱上原本轉動如飛的齒輪霎時停頓了一拍，粗大的精銅柱體發生了肉眼可見的輕微晃動，彷彿是被嚇到了。可是，晃動了幾下之後，中央大齒輪柱決定繼續運轉，剛才的拉力沒有造成什麼特別的影響。玉環公主眉頭一皺，再度舉起銅鐘，示意大家再試一次。幾百條巨龍又一次向後飛去，拉扯著鐵鏈，抱著把大齒輪柱拽倒的決心。這一次的拉力比上一次還要強，中央大齒輪柱的晃動幅度更強烈了，但它實在太大、太重了，幾百條巨龍的決心和力量仍舊不足以把它扳倒。先是一條龍，然後是十幾條、幾十條龍洩了氣，力道一弱，便再難聚合起來。第二次嘗試又失敗了，巨龍和人類的嘆息布滿穹頂。

木牌上的數字已經倒數到了「貳拾」，站長焦慮地揮動著手臂，剩下的時間只夠再做一次嘗試了，可巨龍們已經灰心喪氣。太久的地下生涯把它們身體內的激情全都磨滅了，它們很容易失望，卻很難奮起，突然要求它們重新燃起對生活的希望，鼓起抗爭的勇氣，實在是為難它們。玉環公主急了，可是她對此束手無策。哪吒情急之下，踏上甜筒的身軀，催促它飛上半空。哪吒的臉上湧起一片緋紅，緊接著一團耀眼的圓球狀光芒從他胸前綻放。甜筒驚道：「哪吒，你要做什麼？」它知道這光芒從何而來，那是哪吒體內的龍珠突然爆裂。龍珠是巨龍的精華，擁有者可以與龍在心靈上直接溝通。哪吒選擇讓它在體內爆裂，便可以在一瞬間讓自己的聲音直接傳到每一條龍的腦海中。這個時間不長，只有短短一瞬，只夠說出一句話：「飛翔，明明就是你們的命運啊！」

這一句話，如同赤紅色的凶猛電流，瞬間讓所有巨龍的神經都顫抖起來。童稚的聲音，激起來的是巨龍們猛然的咆哮。這疾風怒濤般的怒吼，從幾百條龍口中發出，匯聚成了一股劇烈的氣流，風起雲湧，就像是真龍降生時的天地異變，整個洞穴為之顫抖，彷彿無法承受這沛然莫御的浩蕩龍威。與此同時，巨龍們做出了第三次努力，每一條龍都瞪大了眼睛，讓生命燃燒起來，拼命拉扯著鐵鏈。有的巨龍被勒得發出痛苦的呻吟，有的巨龍甚至被勒出血，但沒有一條龍退縮。站長們和清潔工們不約而同地齊聲吶喊，為巨龍們加油，他們現在也只剩這件事可做了。數字牌慢慢地倒數著，數字已經顯示到了「伍」。

中央大齒輪柱的金屬軀體終於開始傾斜。

「肆」。大齒輪柱的基座發出尖厲的摩擦聲，似乎心有未甘。

「參」。鐵鏈都繃緊到了極致，巨龍們的力量也已經發揮到了極點。「鏘」的一聲，中央大齒輪柱軀體上一個不起眼的小齒輪彈了出來，叮叮噹噹地落在地上。

「貳」。因小齒輪的空缺，四周的齒輪發生了空轉，也相繼噼哩啪啦地彈離柱子。

就像是瘟疫一樣，無數齒輪飛散開來，像是放了一個金屬煙花。

「壹」。失去了大量齒輪的中央大齒輪柱變得薄弱，它在巨大的外力拉扯下，終於朝著一側不可逆轉地傾倒而去。

「零」。大齒輪柱的機能在最後時刻仍在發揮作用，鐵鏈按照預估的時間開始收緊，自動調節。可這只持續了不到半秒，已無法挽回局勢。巨大的金屬柱體已經被幾百條鐵鏈拽離基座，以磅礴而無奈的氣勢轟然倒地。整個洞穴為之震顫。

成功了！支撐著整個長安城的大齒輪柱，束縛巨龍們的核心象徵，再沒了睥睨天下的氣魄。巨龍們仰天長嘯，人類把帽子高高拋起，兩個種族齊聲歡呼起來。

哪吒從昏迷中醒過來。他幼小的身體還不足以承受龍珠的爆炸，受創不淺，直到現在都渾身軟綿綿的，一點力氣都提不起來。哪吒勉強抬起頭，看到曾經喧鬧無比的地下洞穴居然空蕩蕩的，只剩下一根中央大齒輪柱橫躺在地上，不時還有齒輪彈出來。哪吒一骨碌爬起來，發現自己正躺在玉環公主的懷裡，甜筒則趴在旁邊，滿是關切地望著自己。哪吒一低頭，發現自己身體裡居然還有一顆龍珠。

「饕餮的那顆龍珠被你爆掉了，它大概會很生氣吧。我把我的龍珠補了進去，不然你可沒這麼快就能醒過來。」甜筒說。

「謝謝你。」

「該說謝謝的是我。我們第一次相遇的時候，我可沒想到你能為龍族做到這個地步。」甜筒望著倒塌的大齒輪柱，感慨地說。

「對了，其他人呢？」哪吒環顧四周。

玉環公主指了指穹頂上那些地龍通道：「就像我們約定的那樣，巨龍們都前往長安城的地下通道網絡，去消滅那些龍殭屍了。這些巨龍的力量很大，對地形也特別熟悉。它們每一條都帶著一位站長或清潔工，組織龍群分別進行合擊。」

「玉環姐姐，你真像個將軍。」

玉環公主得意地抬起下巴，這可比誇她美貌更令她開心。可她的表情突然一下子變得古怪起來，不由得摀住心口，眉頭微蹙。哪吒問她怎麼了，玉環搖搖頭，說不知道，可不知為什麼總覺得心慌，彷彿有什麼不祥的預兆刺進胸口。

「是大孽龍。」在一旁的甜筒沉聲道。哪吒一下子想起來了，那個傢伙才是長安城真正的威脅。現在長安城的守軍大概還在拼命阻止吧？一想到這裡，哪吒一下子變得口乾舌燥。他驚慌地望向玉環公主，她也以同樣驚慌的眼神望向他，一個可怕的猜想，兩個人都不願意說出口。甜筒通過龍珠，輕易地感覺到了哪吒的內心。它叼起哪吒，將他放在頭頂，然後飛離洞穴，朝著長安城外飛去。

第十三章

向著怨恨的源頭飛去

明月懸浮在半空，振起一身法力，他的佩劍發出錚錚聲響。在他身旁，七位白雲觀劍修已經各自踏在北斗七星之位，他們周身浮現星光，意味著北斗周天劍陣已經完成。這個劍陣是白雲觀最強大的劍陣，位於中央之人會吸收北斗七星的力量，破壞力會放大數十倍，即使是清風道長，也無法抵禦這個劍陣的威力。只有這條孽龍，才配做北斗周天劍陣的第一個獵物。明月不無自豪地想著，掐動法訣，準備動手。這時一位劍修提醒他：「離位，有飛機接近。」明月不滿地「嗯」了一聲，好像一位被不速之客打擾了婚禮的新郎。他略微轉過頭去，看到遠處的天空密密麻麻地出現無數黑點，還伴隨著低沉的嗡嗡聲。不用細看他也能猜出，這是天策府空軍。數量可真不少，目測有幾百架。

「看來他們慌了手腳，傾巢出動了。」明月冷笑一聲，「可惜他們注定是徒勞無功的——傳我命令，發動劍陣！」

「不用等空軍配合嗎？」

「白雲觀什麼時候需要仰仗別人的幫助？」明月淡淡地扔下一句話，開始操控飛劍朝前飛去。其他七位劍修不敢怠慢，也祭出自己的飛劍，吟誦法訣。八道流星的軌跡匯聚成勺子的形狀，整個北鬥劍陣倏然發出璀璨的星光，星光匯聚到中央，讓明月幻化成一把巨大無比的靈劍。靈劍的進擊犀利無比，一下子就斬入了大孽龍的脖頸。明月眼神一凜，咬破舌尖噴出鮮血，拼盡全力大喝一聲。靈劍再接再厲，一口氣把大孽龍的頭顱斬了下來。就在明月以為大功告成之時，龍身和龍頭卻化回無數道黑色孽氣，在天空中四散而逃，靈劍登時失去目標。很快這些孽氣再度匯聚，重新凝結成龍體。

還沒等明月進行第二次攻擊，被激怒的大孽龍猛地彈起身子，撞向劍陣。剛剛還縹緲如煙的身軀，此時卻堅硬如攻城槌一般。北斗周天劍陣勝在法力充沛，卻無法抵禦強大的物理衝擊。明月只覺被一股巨大的力量正面衝撞，眼前一黑，身子朝著空中遠遠地飛去。明月勉強睜開眼睛，看到漫天都是飛劍的碎片，他的七位師兄弟如同被人丟棄的人偶娃娃一樣，朝地面直直地墜落。白雲觀最引以為豪的北斗周天劍陣，居然連大孽龍的一次衝撞都沒頂住。

「該死……」明月閉上眼睛，喃喃地說道。他本以為自己也會從半空跌落，摔死在地上，突然背部撞到了什麼東西，雖然撞得生疼，卻阻住了他的落勢。明月睜開眼睛，看到自己落在一架飛機的寬大翅膀上——準確地說，自己是被飛機接在翅膀上。明月向駕駛艙望去，戴著護目鏡的沈文約向他比了個手勢。沈文約這回帶來的是天策府全部的空中力量。正如明月所說，他們是全部出動了。這是天策府最強大的也是最後一批戰機，機師個個都是王牌飛行員，經驗豐富。他們看到了北斗周天劍陣被大孽龍擊潰的全過程，卻沒有一個人後退。

當機群進入大孽龍攻擊範圍的一瞬間，天策府的空軍機師們同時擺動右側機翼，然後釋放出一股金黃色的煙霧。這是天策府飛行信號中最重要的一個：絕不後退，至死方休。天策府的空軍開始了無比強勢的突擊，宛如一群蜜蜂撲向偷蜜的黑熊，拼命守護自己的家園。可是大孽龍實在是太強悍了，符紙和弩箭打在它身上，彷彿撓癢癢似的。充滿鬥志的空軍缺乏有效的攻擊手段，只能不停地騷擾，不停地盤旋。這是一場必敗的戰鬥，不斷有飛機被大孽龍的爪子拍下天空，有的飛機索性迎頭朝著大孽龍撞去，在漆黑的龍鱗外撞出一團絢爛的火花。也就半個時辰的光景，幾乎所有飛機都被擊落了。

現在在壺口瀑布與長安城之間，觸目皆是滾滾硝煙，大路兩側遍布著飛機的殘骸和曾經是火炮陣地的廢墟。天空中只有寥寥無幾的黑點在盤旋著，與之相對，一條黑色的大孽龍在半空飛行著，它的體型非但沒有減小，反而變得更大了，幾乎遮住了半邊天。它就像一片烏雲，黑壓壓地朝長安城壓去。沈文約緊握住操縱桿，操縱著殘破不堪的座機擋在孽龍面前。在他身邊，是同樣狼狽不堪的明月，他失去了一條手臂和飛劍，所以只能勉強站在沈文約的機翼上，臉色奇差。這就是在大孽龍和長安城之間的全部戰力。

「唉，沒想到最後居然是和你並肩作戰。」沈文約大發感慨。

「害怕的話還是快滾吧。」明月表情仍舊陰冷。

沈文約一推操縱桿，遺憾地咂了咂嘴：「作為臨終遺言，本該更帥氣一點才對，可惜沒時間想了——你有什麼好主意嗎？」

「少囉唆。」

「這個不錯！」

在對話進行的同時，一架飛機和一位劍修，朝著大孽龍義無反顧地衝去。無論之前有多麼大的分歧，此刻也都不重要了。在長安城和大孽龍之間，他們是僅存的保護者，各自都在盡自己的職責。沈文約和明月不約而同地閉上了眼睛，他們清楚，這將是一次必死的攻擊。

「快停下來！」一個焦急的童聲突然衝入沈文約和明月的耳中，兩個人同時一怔，隨即分辨出來這是哪吒的聲音。「你們快停下來！」哪吒焦急地催促道。

沈文約急忙一拉操縱桿，飛機在大孽龍前畫了一道漂亮的弧線，掉轉了方向，順便把失去飛劍的明月再度接住。他們看到，遠處有一條龍從長安城的方向朝著壺口瀑布疾速飛來。當龍飛近以後，沈文約和明月都看清楚了，這條龍是甜筒，而站在龍頭上的小傢伙，正是哪吒。哪吒的胸口閃著光芒，顯然剛才是用龍珠在跟他們通話。

「哪吒？你怎麼會……」沈文約驚訝地問道。

哪吒急切地喊道：「你們快退後一點，不要讓玉環姐姐擔心。大孽龍就交給我和甜筒來對付吧。」沈文約一怔，明月卻嘴角微撇，兩人異口同聲地說道：「你們兩個能做什麼？」

「當然是幹掉大孽龍啦！」哪吒信心十足地回答，然後又迅速低下身子，對甜筒道：「我說的對吧？你一定有辦法的，對不對？」

「嗯……」甜筒望著翻騰的大孽龍，眼神有些複雜。

沈文約還想多問一句，明月卻眉頭一皺，沉聲道：「它又開始移動了。」眾人都朝大孽龍看去，只見它身子伸平，再度朝著長安城的方向開始移動。剛才那些搗亂的小蒼蠅耽擱了不少時間，現在周圍已經清靜下來，大孽龍憑著本能的怨恨，向著怨恨的源頭飛去。這一次，再也沒有什麼力量能擋住它了。

「甜筒！我們要怎樣做？」哪吒摸著龍角，催促道。

「它連我一劍都受不住，指望它去幹掉大孽龍，別開玩笑了！」明月怒喝道。哪吒想要呵斥他，但看到他的斷臂和蒼白臉色，又不忍開口。這時甜筒緩緩道：「這個人說得不錯。我的力量根本敵不過正常的大孽龍。」哪吒立刻翻譯給其他人聽。沈文約一邊努力控制著飛機的姿態，一邊探出脖子問道：「那你們打算怎麼幹？」

甜筒道：「這一條大孽龍，和普通的孽龍相比有一點特別之處。你們都知道，孽龍是怨念的集合體，是我們這些龍被擒獲之前撕下的逆鱗組成的。所以大孽龍沒有器官，它的身體裡充盈著逆鱗散發出的怨氣。」沈文約和明月回想起來，大孽龍全身覆蓋的墨色鱗片，確實和尋常的龍不一樣，鱗片披掛的方向都是反的。換句話說，這是一條全身都是逆鱗的龍。兩個人腦海裡同時浮起驚嘆，得多少條龍的怨念逆鱗，才能拼湊出這麼一隻怪物！甜筒繼續道：「孽龍的形成都是從一片逆鱗開始，通過吸引周圍的逆鱗和怨氣，逐漸成長的。所以每一條孽龍都有一片核心，那就是它最初的逆鱗。」

哪吒聽出了一點端倪，眼睛瞪得滴溜圓。甜筒點點頭：「不錯。這條孽龍的核心逆鱗，正是當初我被你們人類抓起來時撕下的那一片。從某種意義上來說，我就是那條大孽龍，那條大孽龍就是我。這就是為什麼我對它的感應最為強烈。一看到它，我當初的記憶就全回來了，那時候為了反抗人類，我把自己的逆鱗撕扯下來，可真疼啊……」

甜筒的表情發生了古怪的變化，彷彿陷入了回憶中。「然後呢？」明月問。他對這個悲慘的故事沒有興趣，他只想知道如何消滅大孽龍。「只要把這片逆鱗從大孽龍身上剝離，它就會消散，這很簡單。」甜筒停頓了一下，又補充道，「不過能分辨出哪片逆鱗是核心的，只有我——即使是我，也只能飛近它後經過仔細觀察，才能找出來。」半空中一陣沉默。大孽龍身軀龐大，身上的逆鱗何止千片，而且通體漆黑。想從它身上找到那片核心逆鱗，難度相當於從一車稻草裡找出一粒麥子。更何況大孽龍無比狂暴，怎麼會容忍甜筒湊近它的身體，一片片慢條斯理地尋找？甜筒看到人類都沉默了，神情越發淡漠：「所以，人類，如果你們不想讓長安毀滅的話，只需要做一件事，就是箝制住大孽龍，別讓它亂動。」

這是一件很簡單的事，但同時也是一件極難的事。如果北斗周天劍陣或者天策府空軍主力還在的話，勉強還能做到。但現在長安的守備力量損失殆盡，這已經成了一個不可能完成的任務。

「非我族類，其心必異。我怎麼知道你不會和大孽龍沆瀣一氣，合為一體來為害長安？」明月質問道。甜筒輕蔑地搖搖頭：「我不與它合體，只要袖手旁觀，你覺得結局會有什麼不同嗎？」明月被一條龍說得啞口無言。沈文約哈哈大笑起來：「說得好！不過甜筒啊，剛才你有一點可說錯了。」

「什麼？」

「你是一條龍啊，只有爪子呀，怎麼能做出『袖手旁觀』的動作呢？」沈文約的話，讓甜筒和負責翻譯的哪吒都哈哈大笑起來，緊張的氣氛稍微緩和了一點，只有明月鐵青著臉不吭聲。沈文約拿起酒壺一飲而盡，然後把酒壺丟下天空：「這個任務就交給我吧。我最近跟孽龍可著實打了好多場，發現比起弩箭和符紙，螺旋槳對孽龍的傷害更大一點。而且根據我的觀察，孽龍的腹部似乎是最敏感的區域，之前針對那裡進行攻擊，孽龍都會停頓一下，雖然時間很短，但確實是停頓了。」

哪吒道：「沈大哥，你要做什麼？」

沈文約揮了揮手：「憑著我出神入化的駕駛技術，只要設法讓飛機撞到它的腹部，多少就能拖延一會兒。未必夠用，但總比沒有好。」

「那你豈不是也要死嗎？這不行！玉環姐姐會傷心的！」

沈文約摘下護目鏡，哪吒這時才發現，他的雙眼和臉上都是乾涸的淚痕。「我的戰友全都戰死了，如果我還能飛卻沒有繼續戰鬥，怎麼對得起他們，怎麼配得上我大唐第一機師的名號？」哪吒急得不知該如何勸阻才好，他不希望沈大哥去送死，可是也明白這些飛行員的驕傲和悲傷。甜筒對此則保持著淡漠的神情，看著大孽龍在空中緩慢而堅定地移動。它只是為了哪吒才來的，對其他人可沒有任何照顧的義務。這時明月的聲音再度響起：「讓喪失了戰鬥力的廢物去執行計劃，那是一種浪費。」

「閣下有什麼高見？」沈文約斜眼。他並不生氣，經過剛才的事情，他知道對方在保護長安方面，哪怕犧牲性命也毫不含糊，對明月的臭嘴也就寬容以待了。明月從脖子上取下一串項鏈，項鏈的中心是一塊大雁形狀的晶瑩玉片：「這是只有白雲觀高階弟子才有資格佩戴的雁佩。我的師尊清風道長可以通過這個，得知佩戴者身邊的情況。」

「你還指望那個糟老頭啊？他不是被大孽龍一尾巴砸飛了嗎？」沈文約說。哪吒和甜筒對視一眼，清風還活著，而且還跑到地下搶走了玉璽。明月難道還指望那個瘋老頭子來幫忙？明月把玉珮拿近耳邊，仔細傾聽。鴻雁玉珮閃耀出一道光芒，然後暗淡下去。明月抬起頭，高傲地對甜筒說：「清風師尊會給你創造足夠的時間，你不要笨手笨腳把事情搞砸，辜負了他的心意。」

沈文約搶在哪吒前頭問：「那麼，他要怎麼阻止呢？再組一個劍陣嗎？」

「白雲觀內，北斗周天劍陣是最強大的武器……」明月慢慢說道。

沈文約嘴一撇，心想，這玩意兒剛剛被孽龍打散，還有什麼好吹噓的？可他還沒開口，就聽到遠處的長安城發出一陣震耳欲聾的響動。大家看看方向，發出響動的是驪山方向，那裡是白雲觀的所在。明月繼續道：「可它仍舊比不過白雲觀本身。」說到這裡，明月勉強在機翼上站起來，遙向山門單臂稽首。

隨著明月這一拜，整個驪山「嘩啦」一聲從中間裂開，像巨人張開了大嘴，露出一個火山口一樣的垂直大洞。山上白雲觀的諸多建築群開始發出「嘎吱嘎吱」的聲音，大殿偏移，山牆翻動，地面的一排排垂松縮入地洞，石級一層層地摺疊起來，露出裡面黑黝黝的齒輪和槓桿。數百座矗立在驪山各處的黃銅香爐，同時噴出灼熱的蒸汽，立刻讓整座山變得煙霧繚繞。沒過多久，蒸汽散去，一個頂天立地的巨大力士矗立在長安城邊。白雲觀的主殿化為軀幹；真武殿、三清殿、昊天殿、玉皇殿組成了它的四肢；頭部是一座巨大的銅鼎，銅鼎頂部架起高聳的山門，遠遠望去形狀如同天子的平天冠。

所有人都看傻眼了，就連甜筒都為之動容。誰能想到，一貫崇尚道法自然的白雲觀，居然在風光秀麗的驪山之下，藏了這麼一個東西——不，準確地說，不是藏，而是分解。整個白雲觀，根本就是由這個力士的身體組成的！只不過平時當成建築使用，沒人看出端倪。「這個老雜毛……」沈文約只剩下這句感嘆了。

第十四章

我們一定會再見面的

白雲觀力士笨拙地動了動手腳，然後身體裡的諸多大殿突然變得流光溢彩，平時懸掛在殿內的各種靈寶、法器和神像都發出各色光芒，豐沛的紫色法力扶搖直上，灌入頭部的大鼎。大鼎陡然放出金黃色的光芒，白雲觀力士發出一聲尖嘯，緩緩騰空而起，在半空略微調整了一下姿態，朝著壺口瀑布飛來。這些東西平時都是作為鎮殿之寶而存在的，這時候才真相大白，原來它們只是力士的驅動器。灌入法力之後，力士的飛行速度可比大孽龍快多了，轉瞬就飛臨瀑布上空。到了這時候，沈文約、哪吒和甜筒才親身感受到這傢伙到底有多巨大，壓迫感有多強。要知道，那可是整整一座驪山黑壓壓地飛臨自己的頭頂。

「喂，你們白雲觀藏著這麼好的東西，怎麼一開始不拿出來？」沈文約仰起頭，張大了嘴巴。

明月難得地露出苦笑：「這東西叫作高力士，是一次性的超大型法器，啟動它的代價相當大。白雲觀這幾百年吸納的天地靈氣，只能支撐它活動半個時辰。然後白雲觀所有的靈寶與法器就會變成廢品，所有的建築都會坍塌。換句話說，高力士活動半個時辰的代價，是整個白雲觀的消失。」說完他嘆了口氣。清風道長一直處心積慮謀求白雲觀在長安的地位，這次激活了高力士，之前的努力全部付諸東流。可若不出動，長安城只怕不保。在長安城和白雲觀之間，清風道長還是毫不猶豫地選擇了前者。

沈文約沉默不語，這代價可謂巨大。明月又道：「高力士是長安城最後的防線，想要啟動它，非得我師尊本人和天子的玉璽不可。若不是大孽龍實在太凶暴，師尊恐怕也不會下這麼大的決心。」哪吒聽到「玉璽」兩個字，面露恍然之色。原來清風道長潛入地下去搶奪玉璽，並不只是為了阻止哪吒放開巨龍，還要拿到玉璽，驅動長安城的終極力量。他抬起頭，發現清風道長正站在位於高力士頭頂的巍峨山門之前，迎風而立，袍角飄飛，全無方才的狼狽之相。

明月迎上前去，對師尊言簡意賅地講述了當前的情形。清風道長也注意到了哪吒，但他只是略微低下頭，冷冷地「哼」了一聲，聲音通過高力士胸口的擴音器在眾人頭頂響起：「明月，你覺得他們所言逆鱗之事屬實？」明月輕蔑地瞥了哪吒一眼，拱手道：「師尊，他們是一群笨蛋——不過笨蛋不會撒謊，此事應該是真的。」

哪吒惱怒地大聲道：「甜筒是不會騙人的！」

清風道長露出不屑的神情，袍袖一揮：「它與大孽龍系出同種，所言未必屬實。不過老夫為長安生靈考慮，只好做此一賭。等下老夫會制住大孽龍片刻，爾等務必盡快找到那片逆鱗。若耍半點花樣，老夫絕不輕饒。」他說完以後，高力士忽地又提升了幾分速度，朝著大孽龍而去。明月轉過臉，面色有點古怪：「這是師尊在以他的方式道歉。」

沈文約看了一下儀錶盤，飛機的動力不多了。他開口道：「別耽誤時間了。我把哪吒和明月送去安全的地方；甜筒，你趁高力士纏住大孽龍的時候，去找逆鱗。」

「不行，哪吒必須跟著我。」甜筒道。

「難道你想拿他做人質嗎？」明月狐疑地質問道。沈文約也幫腔道：「他只是一個小孩子，能有什麼用？」哪吒從龍頭上跳起來：「沈大哥、明月道長，你們不要說了，我願意跟甜筒去！」沈文約急忙道：「我知道你跟甜筒的感情。可是那裡太危險了，若是傷到你的性命怎麼辦？你又發揮不了什麼作用。」這時，哪吒表現出了前所未有的倔強，他抓緊龍角，緊抿嘴唇：「我就是要去！」沈文約和明月還要阻攔，這時另外一個聲音在地面上響起：「哪吒，你去吧。」

他們同時低頭，看到大將軍李靖站在地面的高地上，手持寶劍，全副武裝，一動不動地望著天空。他身邊還有一部分神武砲兵，調校好了炮口，嚴陣以待。李靖的頭盔不知掉到哪裡了，但神情仍是那麼堅毅：「我們李家的子弟，沒有貪生怕死的。哪吒，我准許你去把勝利帶回來。我會在這裡指揮剩下的神武砲兵，為你和清風道長做掩護。」

哪吒的父親都准許了，其他人無話可說。沈文約默默把頭上的護目鏡摘下來，戴在哪吒的腦袋上。明月遲疑了一下，取出鴻雁玉珮，掛在哪吒的脖子上：「這東西有浮空之用，好生使用，回來還我。」

遠處的空中傳來巨響，高力士應該是和孽龍纏鬥起來了。不能再耽擱了，於是沈文約載著明月朝後方飛去，而甜筒馱著哪吒義無反顧地朝大孽龍的方向衝過去。甜筒從來沒飛得這麼快過，風壓讓哪吒幾乎抓不住龍角。幸虧有沈文約的護目鏡，他才勉強能看清前面的情況。

前方的壯觀景象，哪吒這一輩子都忘不了。一個閃爍著金光的巨人和一條巨大的黑龍正在捨生忘死地搏鬥著。黑龍咆哮著纏在巨人身上，試圖用黑色軀體碾碎對手。巨人伸出沉重的手掌，抓住黑龍的頭和四肢，要把它們從軀幹上撕扯下來。黑色與金色交錯著攪起一片可怕的漩渦，連周圍的雲彩都被壓迫、被撕裂。他們即將飛近戰鬥空域時，風變得非常大。哪吒趴在甜筒耳邊大聲喊道：「等消滅了大孽龍，我去買一百個甜筒給你。」甜筒微微擺動龍頭，引吭一吼，一人一龍露出默契的微笑。比起那兩個龐然大物，甜筒只能算是一隻小蒼蠅。它一進入戰鬥空域，就立刻被狂風吹得東搖西擺。哪吒不得不藏在它的鱗片內，才沒被吹走。地面上的神武火炮突然噴射出火舌，這些僅存的火炮在李靖的指揮下，表現出了極高的精確度，沒有一發砲彈擊中甜筒，全都命中大孽龍翻滾的身軀，讓紊亂的氣流為之一頓。

清風道長抓住這個機會，操縱高力士伸開雙臂，把大孽龍緊緊摟住。大孽龍憤怒至極，拼命掙扎，可高力士此時全力開動，頭頂巨鼎拼命吸收身體各殿的法力，以最高功率不管不顧地瘋狂運轉。即使是大孽龍，一時半會兒也掙脫不開。「看你們的了！」擴音器裡清風道長彷彿老了幾十歲，連聲音都沒那麼洪亮了。甜筒雙目驟然亮了起來，如同兩支火把，在黑霧中拼命尋找。它能感應到，自己的逆鱗就在附近，可要精確定位可不是件容易的事。大孽龍身體雖被箝制住，但仍舊能夠張牙舞爪。甜筒數次被大孽龍的龍爪砸中，留下幾道漆黑的傷痕，險象環生。甚至有一次，甜筒被龍鬚狠狠地掃中一記，飛出去好遠。

「你們還沒找到嗎？」清風道長焦急地催促道。高力士的運轉已經接近極限了，剛才的瘋狂拼命讓它的法力消耗極快。本來可以堅持半個時辰，現在只怕再有半炷香的時間法力就見底了。甜筒沒有回答，它正在全神貫注地搜尋著。奇怪的是，明明感覺近在咫尺，可就是無法找到，每一片都不是。它有些焦慮，但焦慮只會讓它的搜索更加緩慢。哪吒數次想探出頭來幫忙，可是他什麼都做不了。大孽龍是巨龍失去自由的怨氣所生，所以對禁錮自己自由的東西尤其痛恨。此時它對高力士的憤怒終於達到頂峰，周身一振，發出一聲尖厲的嗥叫，原本堅逾金石的身體倏然化為黑氣，從高力士的懷抱中分散飄開。

高力士本來運起了全部能量與之對抗，陡然失去了目標，巨大的身軀不由得朝前傾倒。大孽龍的身軀迅速在不遠處重新凝結，龍尾對準高力士用力抽去。凌厲的巨力敲在失去了保護的高力士背後，山石爆裂，組成背部的兩座道殿「嘩啦」一下坍塌成一片廢墟。清風道長還想操縱高力士轉過身來，可巨人頭頂的大鼎裂開了一條縫隙，縫隙迅速擴大，像蜘蛛網一樣遍布全身。清風道長知道白雲觀積攢了幾百年的法力終於耗盡，高力士的生命走到了盡頭。他長嘆一聲，揚起手裡的拂塵，想做最後一次努力。

高力士的手臂略微抬起來一下，很快又垂了下去。大孽龍可毫不客氣，它對這個討厭的傢伙發起了攻擊。「啪啪啪啪」，一座座大殿從高力士身上坍塌跌落，一件件法器被吸光了靈氣，崩壞碎裂。無數碎片和殘塊陸續落入下方的壺口瀑布里，濺起無數水花。白雲觀的山門是最後坍塌的，清風道長一直堅持到失去了落腳之地，才向地面跌落。他昏迷前的最後一瞥，看到一道黑影朝著大孽龍刺去，速度非常快，方向也無比堅定。「看來它是找到了……」清風道長欣慰地想，然後閉上了眼睛。

甜筒確實找到了。之前它在大孽龍表皮無論如何也找不到屬於自己的那片逆鱗，是因為那片逆鱗被大孽龍深藏在體內。當大孽龍為了掙脫高力士而散為黑霧時，逆鱗終於暴露出來，被甜筒捕捉到了正確的位置。甜筒沒有半分猶豫，它運起全身的力氣朝著那個方向刺去。大孽龍在慢慢凝結，如果讓它再次變回固體身軀，拯救長安城將再也沒有機會。哪吒通過龍珠也了解到了甜筒的心思，他鑽出鱗片，無視狂風四起，大聲地為甜筒吶喊助威。

衝刺！

加油！

衝刺！

加油！

就在大孽龍擊潰高力士的一瞬間，甜筒如同一支飛箭刺入它的軀體，張開大嘴，試圖咬住那片泛著黑光的逆鱗。可是大孽龍的龍軀一晃，甜筒的嘴和鱗片失之交臂。甜筒已經沒有轉圜的餘地了，出乎它意料的是，哪吒竟從甜筒的鱗甲裡一躍而起，跳向半空。明月送他的玉珮泛起光芒，把小男孩的身體輕輕托住。哪吒靠著沈文約的護目鏡在狂風和黑霧中瞪大了眼睛，伸手朝著那懸浮著的逆鱗抓去。逆鱗通體黝黑，其中灌注著無限的怨念，不斷翻滾。哪吒一把將它抓在手裡，好似抓住一塊火炭，連靈魂都要被灼傷。可是哪吒緊緊攥住，不肯撒手，瘦弱的身體瑟瑟發抖。甜筒眼睛變得赤紅，它冒死回轉頭顱，一口叼住哪吒的衣領，然後從另外一側衝了出來，直上雲霄。失去了核心的大孽龍怒不可遏，掉頭追了過去，緊緊咬住甜筒的尾巴，要把它拖下來。

哪吒咬著牙強忍劇痛把逆鱗伸到甜筒面前：「是這片鱗片嗎？」

「是，你快毀了它。」甜筒回答。它的尾巴被大孽龍咬住，強大的力量拽著它往下墜。

「怎麼毀？」

「把它和我的龍珠貼在一起就可以。」

甜筒的龍珠在哪吒的胸膛裡，於是哪吒把上衣撕開，把那片火炭般滾燙的逆鱗貼在胸口。貼合的一瞬間，哪吒以為自己被烙鐵燙中，無比疼痛。然而，他看到逆鱗裡流動的黑色怨氣，像是遇見了什麼天敵，發出尖叫聲，想要逃開。哪吒胸中的龍珠發出柔和的乳白色光芒，把怨氣逐漸吸引過來。於是，在壺口瀑布上空出現了這麼一番奇景：大孽龍拼命咬住甜筒，把它往下拖，而哪吒體內的甜筒的龍珠拼命咬住逆鱗，把它往裡拽。兩者之間的規模根本不成比例，但都生死攸關。不是大孽龍先吃掉甜筒，就是甜筒先同化掉逆鱗。李靖在地面指揮炮火集中打在大孽龍嘴處，甚至不惜冒著誤傷甜筒的風險，一定要把時間爭取過來。

有了神武軍的牽制，甜筒終於爭取到了幾秒寶貴的時間。它沒有努力逃脫，反而開口對哪吒道：「哪吒，謝謝你。」

「啊？」

「是你讓我重獲自由，在天空中飛翔。」

「因為我們是朋友嘛……啊?!」哪吒開心地笑道，可下一個瞬間，他驚訝地叫了起來。隨著這一句話，龍珠的乳白色光芒一下子變得十分耀眼。與之相反的是，逆鱗的顏色逐漸變淡、變淺。龍珠的光芒突然大盛，如潮水般席捲而來，把逆鱗裡的黑霧蕩滌一空，連一絲都沒有剩下。最後，逆鱗終於被龍珠吞噬，再也找不到一絲痕跡。下面的大孽龍發出一聲哀鳴。它是以甜筒的逆鱗為核心而誕生的。當逆鱗消融之後，那些怨念就失去了維繫的核心。哪吒看到，大孽龍緩緩鬆開嘴，一股股怨念從它的身軀中分離，飄開，消散，遠遠望去，好像渾身一直在冒著黑煙。

「甜筒，大孽龍在消散！我們成功了！」哪吒狂喜地揪住甜筒，大聲喊道。甜筒看起來卻不怎麼興奮，它只是盯著不住哀鳴的孽龍，眼神複雜。畢竟它代表了甜筒對人類的怨念，以及對自由的嚮往。從某種意義上來說，甜筒是殺死了自己。一炷香的時間過去，大孽龍終於化為一大團黑霧。這一次，它再也無法凝結成實體了。一陣清風適時吹過高空，把這些黑霧吹散，露出湛藍色的天空，陽光重灑大地。地面上的神武軍發出熱烈的歡呼，為長安的劫後餘生而慶祝。

哪吒把鴻雁玉珮拈起來貼在耳邊，旋即放下，一臉喜色地對甜筒道：「沈大哥傳來消息，龍殭屍已經被巨龍和地龍驛的工作人員聯手消滅乾淨，長安保住了……甜筒？甜筒？」哪吒愕然發現，甜筒的身軀居然也變得透明起來，似乎也要被風吹得消散。「甜筒，你這是怎麼了？」甜筒睜開黃玉色的眼睛，最後一次摸了摸哪吒的頭：「你知道要如何消滅逆鱗嗎？」哪吒搖搖頭，有種不好的預感。「逆鱗是怨氣所生，所以化解逆鱗的方法，只有原諒。這就是為什麼我堅持要帶你來，只有你才能化解其中的怨氣，別人都不成，連我自己都不成。」甜筒慈祥地說出這樣一席話，哪吒想要插嘴，它抬起龍爪，示意讓它說完，「因為你的存在，我原諒了人類，我不再對他們有怨恨；因為你的存在，我可以重新在天空翱翔。你一直以來的努力和執著，讓我已經沒有任何怨念了。你知道嗎？剛才那融化逆鱗的光芒不是來自我，而是來自你勇敢、真誠的內心。消滅逆鱗的人不是我，而是你啊。」

哪吒看著甜筒，不安感卻越來越強烈。甜筒緩緩垂下頭，注視著壺口瀑布奔騰的江水：「鯉魚化龍，憑藉的就是逆鱗的力量。當我的逆鱗消失後，我也就失去了化龍的能力。」哪吒大驚：「那你豈不是……豈不是要重新變回鯉魚了嗎？」甜筒微微一笑，不置可否。哪吒急了，他一把抱住甜筒的龍角：「你從一開始就知道這個結果了，對不對？你明知道消滅了孽龍，自己也會消失，為什麼還要來呢？」甜筒道：「和你說的一樣，因為我們是朋友嘛。」這是甜筒最後的聲音。逆鱗的消融讓甜筒維繫龍身的力量也消失了。整條龍在天空變得透明，直至消失不見，然後徹底融入湛藍色的背景，連輪廓都看不到了。

「甜筒!!」哪吒憑藉著鴻雁玉珮懸浮在半空，拖著哭腔對著甜筒消失的天空大喊起來。可天空太空曠了，連回聲都聽不到。那條叫甜筒的巨龍，再也不會出現了。

突然，哪吒不哭了。他似乎看到一個小小的黑點正朝著地面飛速落下去，於是眉頭一展，驅動著鴻雁玉珮追了過去。哪吒很快看到，原來那是一條小巧的金色鯉魚，正甩著尾巴，撲騰著，朝下方落去。鯉魚還活著，呆板的魚臉看不出任何表情。哪吒一眼就認出來，這一定是甜筒！準確地說，是化龍前的甜筒。那時候，它還只是一條無智無識的鯉魚。哪吒控制著飛行的姿態，小心翼翼地把鯉魚接住，朝地面落去。他把鯉魚摟在懷裡，愛憐地撫摸著魚身的鱗片，一股熟悉的感覺浮上心頭。鯉魚卻絲毫沒有感動的意思，它的嘴不斷開合，不斷地擺動著身軀。魚和龍不一樣，是不能離開水的。哪吒遲疑了一下，雙手捧著甜筒來到壺口瀑布上空，輕輕地把它丟到水裡。鯉魚迫不及待地「撲通」一聲跳進江水中，冒出幾個氣泡，就此消失不見。

「甜筒，我們一定會再見面的。」哪吒望著奔騰的江水，在心裡念道。

尾聲

玉環公主和沈文約兩手相牽，站在利人市驛的站台邊緣。兩個人不斷說著悄悄話，全然不顧就在不遠處的哪吒。哪吒不理這一對熱戀中的情侶，他背著一個野餐籃子，正對著漆黑的洞口發呆。很快，洞口傳來一陣隆隆的聲音，一條巨龍從隧道裡鑽了出來，平穩地停靠在站台旁。和以前不同的是，巨龍的尾部並沒有繫著鐵鏈，它完全是自由的。

巨龍看到哪吒，快活地打了個招呼：「喲，哪吒，原來是你預約的呀。」「饕餮，你好。」哪吒舉起一張票，晃了晃。饕餮嗅了嗅車票，開口道：「那麼給我的票呢？」哪吒哈哈笑了起來：「我就知道你會等不及問這個。」他從懷裡掏出一大堆零食，塞到饕餮的嘴裡。饕餮心滿意足地打了個響鼻，說：「饕餮大爺竭誠為你們服務，請問客人你準備去哪裡？」哪吒的笑容收斂起來，他從零食堆裡拿起一個甜筒，若有所思地看了看：「我想去壺口瀑布，看看甜筒還在不在。」聽到這個名字，饕餮面色尷尬地咳了幾聲：「你這孩子……還真是……去看甜筒也不早說。別的龍知道我連這個都要收費，會罵死我的……咯咯，哼，上來吧。」

三個人攀上饕餮的脊背，坐在鱗片裡。饕餮很快離開了站台，在漆黑的隧道裡飛行了半個時辰，眼前豁然開朗，原來這條隧道是通向城外的。出了隧道以後，饕餮抖抖身體，飛上天空，嗥叫著盤旋了幾圈，然後朝壺口瀑布的方向飛去。沈文約愜意地靠在龍背上，任憑風吹起頭髮：「偶爾坐在龍身上飛行，感覺也挺不錯的，雖然不如飛機那麼可靠。」饕餮不高興地抖了抖，直到玉環公主用棉花糖安撫了它一下，它才恢復正常的飛行姿態。玉環公主望著逐漸變小的長安城，發出感慨：「想不到長安城的居民，對這樣的變化接受得還挺快的。」「這都虧了哪吒呀。」沈文約看了一眼沉默不語的少年，「全靠他才能說服你那個皇帝哥哥和頑固的白雲觀道士。」

大孽龍危機結束以後，天子頒布了一項新的法令：為了防止新的怨念產生，長安城每年捕捉巨龍的規矩徹底廢除。同時，為了維持長安城的運作，對現存巨龍們的工作內容重新做了調整。巨龍們將不再被中央大齒輪柱的鐵鏈束縛，它們可以自願選擇離開或繼續在長安城從事運輸工作，每天工作六個時辰。作為交換，長安城給予它們舒適的住所和充足的食物，其他時間它們可以自由活動，沒有任何限制。大部分巨龍都很滿意這種工作狀態，它們平時在地下運輸，下班後就飛到外面的天空去遊玩，不再怨氣衝天。市民們也很快接受了這種新的關係，而且發現這樣比從前的效率更高。只有白雲觀的道士們表示不該放鬆警惕，他們每天在地龍驛巡邏，防止有不聽話的巨龍生事。對此，沈文約刻毒地評價說：「反正白雲觀沒了，他們沒別的地方好去。」

由於沒有了制約，長安市民想做長途旅行也可以僱用巨龍作為交通工具。比如現在，哪吒想去壺口瀑布，就可以燃燒一道召喚符，預約一條巨龍直接前往，非常方便。很快，他們抵達了目的地。沈文約和玉環公主鋪好毯子，拿出葡萄酒和糕點，依靠在一起欣賞風景。哪吒拿著食物一個人走到壺口瀑布邊緣，望著翻騰的江水。在瀑布上方，高聳的龍門依然矗立。龍門節每年依然舉辦，不過形式有了變化。巨龍的代表會和人類一起參加，當鯉魚躍過龍門化龍以後，它們會湊上去，向這些新龍介紹在長安城有一份薪酬優厚的工作。

饕餮蹣跚地走到哪吒身旁，見他半天不說話，就用鼻子拱了拱：「你又在想甜筒了？」

「嗯。」

「就算它再次變成龍，也不會記得你的。」

「會的。」哪吒固執地說，「我們都約好了。」

遠處的水面突然起了奇異的變化，一條金色的鯉魚在距離哪吒不遠的江面高高躍起，魚鱗在太陽的照射下泛起耀眼的光芒，它隨即又跳進水裡，濺起一朵漂亮的水花。

哪吒欣喜地仰起頭，頭頂的天空呈現出近乎透明的蔚藍。

Story 108

龍與地下鐵

作　　者—馬伯庸
責任編輯—陳萱宇
主　　編—謝翠鈺
行銷企劃—鄭家謙
封面設計—兒日設計
美術編輯—菩薩蠻數位文化有限公司

董 事 長—趙政岷
出 版 者—時報文化出版企業股份有限公司
108019台北市和平西路三段二四〇號七樓
發行專線—（〇二）二三〇六六八四二
讀者服務專線—〇八〇〇二三一七〇五
（〇二）二三〇四七一〇三
讀者服務傳真—（〇二）二三〇四六八五八
郵撥—一九三四四七二四時報文化出版公司
信箱—一〇八九九 台北華江橋郵局第九九信箱
時報悅讀網—http://www.readingtimes.com.tw
法律顧問—理律法律事務所 陳長文律師、李念祖律師
印刷—勁達印刷有限公司
初版一刷—二〇二四年十二月二十日
定價—新台幣三八〇元
缺頁或破損的書，請寄回更換

時報文化出版公司成立於一九七五年，
並於一九九九年股票上櫃公開發行，於二〇〇八年脫離中時集團非屬旺中，
以「尊重智慧與創意的文化事業」為信念。

龍與地下鐵/馬伯庸著. -- 初版. -- 臺北市 :
時報文化出版企業股份有限公司, 2024.12
面； 公分. -- (Story ; 108)
ISBN 978-626-396-930-8(平裝)

857.7　　113015840

ISBN 978-626-396-930-8
Printed in Taiwan

Original title：龍與地下鐵 By 馬伯庸